LETTRES GASCONNES

(A NEMO)

PAR

P. PADER

> Si les éléments conservateurs demeu-
> rent désunis et désorganisés, la démocratie
> perdra la France, et se perdra elle-même,
> en la perdant.
>
> GUIZOT.

TOULOUSE

IMPRIMERIE LOUIS & JEAN-MATTHIEU DOULADOURE.

Rue Saint-Rome, 39.

—

MDCCCLXXIV

LETTRES GASCONNES

(A NEMO)

PAR

P. PADER

> Si les éléments conservateurs demeurent désunis et désorganisés, la démocratie perdra la France, et se perdra elle-même, en la perdant.
>
> Guizot.

TOULOUSE

IMPRIMERIE Louis & Jean-Matthieu DOULADOURE

Rue Saint-Rome, 39.

—

MDCCCLXXIV

UN MOT AU LECTEUR

Je suis sûr qu'en ouvrant cette brochure, vous vous demandez, cher Lecteur, ce que c'est que Nemo. Vous croyez déjà peut-être que c'est un correspondant imaginaire, créé par ma fantaisie, afin de pouvoir mettre une suscription à mes lettres.

— Eh bien, ce n'est pas cela du tout. Nemo n'est pas une fiction. Nemo est un gascon qui habite Paris depuis longtemps et qui, dans le *Conservateur du Gers*, cache sous ce pseudonyme un rare talent d'écrivain.

— Il fait parfois de la politique, et de la meilleure, sans avoir l'air d'y toucher. Il traite un peu tous les sujets. Vous dire avec quelle verve et quel esprit, je ne l'ose pas; je crains de blesser sa modestie. D'ailleurs, ceux qui ont lu ses lettres le savent, et ceux qui l'ignorent peuvent deviner de quelle plume se sert un gascon croisé de parisien.

— Toutes mes lettres à Nemo ont été publiées, sauf la dernière, par le *Conservateur du Gers*. J'ai choisi pour former cette brochure celles qui m'ont semblé offrir quelque intérêt par la nature des questions qu'elles traitent et qui attendent encore leur solution : Réforme du suffrage universel, loi sur la presse, organisation des pouvoirs publics, mais avant tout, nécessité pour les diverses fractions du parti de l'ordre et de la conservation sociale de se réunir en faisceau, pour faire reculer devant leurs phalanges impénétrables les ennemis acharnés de tout ordre et de toute société.

— L'avant-dernière lettre, adressée au Directeur du journal qui avait l'obligeance d'ouvrir ses colonnes à ma prose politique, n'est qu'une réponse aux critiques que le plus zélé rédacteur de cette feuille avait faites de mon article du 13 décembre, dans lequel je m'étais permis d'exprimer sur l'état présent de la Monarchie en France des opinions qui eurent le malheur de ne pas lui convenir.

Dans la dernière enfin, j'essaie de défendre le libéralisme contemporain contre les violentes accusations dont il est en ce moment l'objet de la part d'esprits égarés par une religiosité exagérée, et qui ne tendent à rien moins qu'à mettre à la merci d'une théocratie absolue l'organisation politique et sociale de notre pays.

On propage au milieu de nous des doctrines excessives.

D'un côté, les prétendus apôtres *des nouvelles couches sociales*, orateurs de brasserie ou vétérans de barricades, n'hésitent pas à pousser leur patrie dans la voie qui la conduit fatalement aux orgies sanglantes d'un bouleversement social ; et cela, pour se faire une popularité véreuse dont ils espèrent profiter un jour aux dépens de ceux qui les écoutent.

De l'autre, des fanatiques d'un genre différent no tiennent aucun compte des exigences de leur temps, pour se prosterner devant un homme et pour exalter un principe dont ils dénaturent le sens en exagérant sa portée.

— Eh bien, de tous ces intransigeants rouges ou blancs qui crient : « Vive la République ! » ou « Vive le Roi ! » si je pouvais en décider un seul à crier : « Vive la France ! » je croirais ne pas avoir perdu mon temps.

Tiens , tiens ! mais je m'aperçois que j'écris une Préface et je m'arrête.

— Une Préface , grand Dieu , pour une œuvre de si mince importance ! Que le Ciel nous en préserve : vous, lecteur, qui seriez exposé à la subir et moi qui vous l'aurais infligée.

P. P.

Latour, 14 avril 1874.

LETTRES GASCONNES

A MON AMI NEMO, A PARIS

MON CHER NEMO,

En voyant les jours, les mois, les années même
échapper à votre activité, il a dû vous arriver souvent
de dire : « Comme le temps passe! » Ces paroles bana-
les que Louis Jourdan a prises pour titre du plus gra-
cieux chapitre d'un de ses ouvrages, et que, pour ma
part, j'ai prononcées souvent sans leur accorder la
moindre attention, ont pris depuis quelque temps,
dans ma pensée, une signification bizarre et pénible
qu'en des jours meilleurs j'étais bien loin de leur sup-
poser. Et cependant, le temps ne passe pas plus vite
aujourd'hui qu'autrefois, puisqu'il est éternel et que

1.

c'est nous seuls qui passons. D'où vient donc cette impression dont je vous parle, et que d'autres, j'en suis certain, éprouvent comme moi? Pourquoi me semble-t-il que les jours s'écoulent et nous entraînent avec une rapidité qui m'effraie?

Ah! c'est que, malgré toutes les angoisses de l'heure présente, tous, tant que nous sommes, nous redoutons celle qui vient et les problèmes dont elle demandera impérieusement la solution. Endormis sur un cratère fumant, nous voudrions prolonger notre sommeil, parce que le réveil nous épouvante. Certes, je ne crains pas le résultat final de la lutte engagée aujourd'hui dans le pays, comme dans l'Assemblée nationale, entre le grand parti de l'ordre et les bandes du radicalisme; mais je voudrais que cette lutte fût de courte durée et qu'elle ne coutât pas à la France une goutte de sang.

Les populations rurales, calmes et laborieuses, parce qu'elles veulent la paix et le repos pour jouir des biens qu'elles ont acquis par le travail et que la sécurité peut seule augmenter, doivent nous rassurer beaucoup, car c'est là le vrai, le grand peuple français, — celui qui possède la terre et la travaille, celui qui dans nos crises politiques a toujours sauvé la patrie, et dans les rangs duquel, au jour de la tempête, si ce jour devait revenir, on pourrait encore jeter l'ancre avec confiance,

parce que des millions de bras seraient prêts à la rete-
nir. Et rendons grâces au Ciel d'avoir avec nous un si
puissant allié : car si, passant des champs dans les
grandes villes, nous regardons ce qui se passe dans le
fond de ces masses qui repoussent toute idée religieuse
et tout frein moral, qui n'admettent aucune supério-
rité, aucune hiérarchie, et qui embrassent dans leur
haine sauvage la propriété et la famille, la loi et les
magistrats, les ministres de nos cultes et Dieu lui-
même, nous nous trouvons en face de *la ligue de la
destruction*. — Je voudrais bien ne voir dans ce délire
des passions subversives que les dernières traces de nos
récentes secousses, que les derniers débris de la Commune, je le voudrais, dis-je; mais cette tempête des
haines qui augmentent, ces hurlements de bêtes humaines démuselées sont pour moi des signes qui annoncent
de nouveaux orages.

Certains diront peut-être que mes prévisions sont
intempestives, et que, dans les jours difficiles où nous
vivons, je ferais mieux de me taire et d'attendre que
le temps ait rendu possible un pacte entre la démagogie,
l'athéisme et la civilisation, le repos, la liberté. A ceux-
là je répondrai que ce pacte serait monstrueux, que je
le crois impossible, qu'en présence des doctrines funes-
tes que l'on propage et des périls qui nous environnent,

le silence n'est pas œuvre de patriotisme, qu'il faut enfin oser dire jusqu'à quel point nous sommes entraînés par le courant démagogique et en même temps par une démocratie sans modération, sans sagesse, ne s'apercevant pas qu'elle travaille au succès de l'esprit de désordre qui la carresse pour mieux la dominer.

Certes, mon cher Nemo, je serais heureux de pouvoir dire que le présent est sans danger et l'avenir sans nuage, que tout enfin est pour le mieux dans la meilleure des Républiques ; mais si, dans les circonstances présentes, je tenais un pareil langage, personne n'y ajouterait foi. Trois sortes d'hommes contribuent aujourd'hui, dans des proportions différentes, au triomphe de l'anarchie politique et du désordre social.

Les uns en font le but unique de leurs efforts constants, non pour les résultats heureux que les révolutions peuvent avoir quelquefois par exception, mais pour les barricades, parce qu'elles sont leur principal moyen de succès, en servant de marchepied pour monter au pouvoir, ou de prétexte à la violence et au pillage qui, sous la raison sociale d'égalité, figurent au premier rang de leurs principes politiques. C'est le parti dont les représentants siégent sur les bancs de l'extrême gauche ; ce sont les révolutionnaires à outrance. On connaît leurs programmes, leurs passions, leurs chefs.

Les autres repoussent du fond du cœur les excès de la démagogie, mais ils n'osent pas le dire ouvertement. — Ils aiment et veulent la liberté, mais ils n'ont pas le courage de combattre les doctrines brutales et tyranniques des réformateurs radicaux. — Les désordres matériels de la rue les épouvantent, ils n'en désirent certainement pas le retour, et cependant c'est à leur complicité irréfléchie et à leur concours imprudent que nos modernes Montagnards doivent leur influence dans la Chambre et dans le pays. La République conservatrice a toutes leurs sympathies; mais, ne le fût-elle pas, ils l'accepteraient encore et la défendraient. Ils professent une telle aversion pour la monarchie, alors même qu'elle donnerait toutes les garanties possibles d'ordre et de liberté, qu'ils lui préfèreraient peut-être la dictature de M. Gambetta. Ces hommes forment un parti déjà nombreux et puissant, il est représenté par la gauche modérée et le centre gauche.

D'autres enfin, tout en détestant les révolutions, veulent le bouleversement de ce qui existe, afin que la France ne soit appelée à asseoir ses destinées que sur les ruines de nos institutions politiques. Ces derniers sont les bonapartistes. Un de leurs publicistes les plus énergiques, M. Paul de Cassagnac, écrivait un jour dans l'*Appel au Peuple* les phrases suivantes : — « Dans

» les difficultés présentes, l'Empire ne serait qu'un pal-
» liatif insuffisant tel que M. Thiers ou tout autre
» peut le donner, et il faut attendre que, par suite
» des événements fatals que nous prévoyons et qu'au-
» cune force humaine ne saurait arrêter, il devienne le
» remède définitif après lequel tout le monde soupi-
» rera. » Et plus loin il ajoutait : — « D'ailleurs,
» voyez comme les étapes à parcourir sont clairement
» indiquées : dissolution de cette Chambre ; élection
» d'une nouvelle Chambre où la majorité sera répu-
» blicaine, grâce à la pression des fonctionnaires et aux
» questions locales; excès de cette Chambre ; indigna-
» tion de la France et intervention de l'armée ; appel
» au peuple et..... l'Empire. »

Voilà les sinistres prophéties dont les bonapartistes
attendent et espèrent l'accomplissement. — Règne
momentané de la démagogie pétroleuse, ruines entassées par la guerre civile, ils accepteront tout, s'il le
faut, pourvu que dans ce cataclysme social, nous en
venions à regretter l'Empire et à désirer son retour.
Telle est la politique insensée de ces hommes qui attendent leur triomphe de l'excès même de nos malheurs
communs.

Je ne suis pas de ceux qui aiment à reprocher sans
cesse au régime impérial ses fautes et ses défauts; mais

si sa restauration doit nous coûter aussi cher, nous ferons bien d'y renoncer et de chercher ailleurs notre salut.

Puisque j'ai été amené à vous parler des bonapartistes, laissez-moi vous dire, mon cher Nemo, ce que je pense, avec bien d'autres Gascons, *de leur thème favori* : l'appel direct à la nation pour savoir quels sont le gouvernement et la dynastie qu'elle préfère, en un mot, le PLÉBISCITE.

Si la doctrine du suffrage universel est applicable à l'élection des membres de nos Assemblées, parce qu'on peut admettre que les électeurs, ayant déjà pu apprécier leurs mandataires, agissent jusqu'à un certain point en connaissance de cause, elle ne l'est pas au choix d'une dynastie ou d'une constitution, par la raison bien simple que sur cent votants pris au hasard, cinquante au moins sont incapables de saisir les différences qui peuvent exister entre les diverses formes de gouvernement et les principes inséparables de tel ou tel système politique. Nous ne sommes plus au temps où nos pères, dans les forêts de la Gaule, se donnaient un roi et une charte par une acclamation. N'étant qu'une tribu, presque une famille dont chaque membre était connu de tous, ils pouvaient se faire une idée exacte de l'homme qu'ils mettaient à leur tête ; ils l'avaient vu dans les conseils et dans les combats. Et comme la guerre fut pendant longtemps leur état normal, n'ayant d'autre but que celui d'étendre leurs conquêtes et d'augmenter leurs richesses en dépouillant leurs voisins, toutes les voix se portaient sur le plus brave et le plus audacieux; tous les bras se tendaient vers lui pour l'élever sur le pavois. Aujourd'hui, il n'en est plus de même; nous ne sommes plus une tribu guerrière ne sachant manier que la francisque ou la framée, mais un grand peuple jaloux de conserver ses biens de toute espèce acquis par les travaux des générations passées, et dont les intérêts multiples et les aptitudes variées exigent de ceux qui sont appelés à les défendre ou les diriger une sagacité profonde jointe à une fermeté inébranlable, sans compter tant d'autres qualités qu'il serait trop long d'énumérer et que doit réunir cependant tout chef de gouvernement, sous peine de tomber écrasé par le poids des intérêts lésés ou des tendances méconnues. Eh bien! c'est le choix de cet homme, doué de facultés si rares, et souvent si difficiles à reconnaître, que nous ne pouvons pas confier aux masses, trop portées à agir d'après leurs passions du moment, à se laisser arrêter par des préjugés sans fondement ou entraîner par le prestige d'un nom populaire, et d'ailleurs peu habiles en matière d'organisation politique.

J'ai dit quels sont aujourd'hui, à mon avis, les hommes qui contribuent le plus au développement des idées subversives qui nous menacent. J'ai désigné l'extrême Gauche, la Gauche modérée et le Centre gauche, enfin les bonapartistes. Je le répète en me résumant, les premiers travaillent à l'œuvre de destruction par leur propagande active, leurs discours incendiaires ; les seconds, par les concessions que leur nom générique de républicains ne leur permet pas toujours de refuser à leurs dangereux alliés ; les derniers enfin, en prêchant dans un pays qui a un si grand besoin de repos, la fatalité du désordre dont ils font le précurseur inévitable d'une restauration impériale, et le système plébiscitaire, qui, érigé en principe, deviendrait pour nous une fièvre périodique dont les accès seraient marqués par chaque convocation du peuple pour statuer à nouveau.

L'union fait la force ! nous en avons fait souvent l'expérience, mais l'énergie seule assure le succès définitif. Aussi voudrais-je, avec la grande majorité du pays, que l'Assemblée nationale prît des mesures tendant à diminuer les dangers qui nous menacent, sans franchir toutefois les limites de la légalité. Une des plus efficaces consisterait à modifier la loi électorale qui nous régit, en exigeant quelques années de plus pour avoir le droit de voter et une résidence plus longue dans le lieu où l'on veut exercer ce droit. De cette façon, on apporterait dans les décisions du suffrage universel les lumières, la prudence, la modération dont nous avons tous un si grand besoin, et cela, sans porter la moindre atteinte à ses principes d'universalité et de liberté. Je sais que cette réforme ne plaira pas à tout le monde et qu'elle pourra même provoquer des orages parlementaires : mais elle sera une garantie d'ordre matériel qui rassurera tous les intérêts, sans léser aucun droit.

Si, au moyen de quelques décisions appropriées aux circonstances, on avait pu éviter à Paris cette Commune qui nous a valu tant de honte et coûté tant de sang, j'aime à croire que nos hommes d'Etat n'eussent pas hésité à les prendre. Eh bien ! maintenant, c'est de la Commune universelle qu'il faut préserver la France.

Qu'on y songe donc et qu'on agisse en conséquence ; c'est aujourd'hui, mon cher Nemo, le vœu le plus ardent de votre ami.   P. PADER.

Décembre 1872.

LETTRE GASCONNE, A NÉMO.

Mon cher Némo,

Dans ma dernière lettre, je vous ai parlé, un peu longuement peut-être, des adversaires que le parti conservateur doit combattre sans relâche, sous peine d'être vaincu par eux, et des périls imminents qu'il doit conjurer, par l'union des diverses fractions qui le composent, en même temps que par des mesures propres à diminuer les moyens d'action de cet esprit de désordre dont je signalais les progrès. J'en parlerai peu aujourd'hui; mais, ayant insisté sur la nécessité de réformer la loi électorale qui nous régit, laissez-moi vous dire, avant d'aborder un autre sujet, avec quel plaisir j'ai vu l'Assemblée nationale prendre l'engagement de traiter cette question si grave avant de se dissoudre. Nous ignorons encore quels seront les termes de la loi qui sortira de cette discussion, ni quel âge, ni quelle durée de domicile elle exigera de l'électeur; mais ce dont nous sommes déjà certains, c'est que son économie préviendra les égarements du suffrage universel

et donnera à ses décisions les garanties qui lui manquent.

Grâce à elle, la France peut attendre des prochai-
nes élections générales une Assemblée conservatrice
digne de succéder à celle qui lui aura cédé la
place, et capable de continuer, d'achever peut-être
l'œuvre commencée de notre réorganisation politique
et sociale.

S'il restait encore des doutes sur l'urgence de modifier le fonctionnement du suffrage universel, les élections de dimanche dernier sont, je crois, destinées à
convaincre les plus sceptiques. A Paris, surtout, le
succès de M. Barodet me paraît un argument irrésis-
tible. A qui, en effet, l'ex-maire de Lyon doit-il en
grande partie son triomphe, sinon à cette population
flottante ameutée, par quelques amis honteux de la
Commune, contre M. de Rémusat ? Celui-ci est cependant un des esprits les plus sincèrement libéraux de
notre époque ; à son nom s'attache un souvenir glorieux, celui de la libération du territoire ; enfin, c'est
un libre-penseur ; mais cela ne suffit plus aujourd'hui.
Pour représenter dignement Paris, il faut être radical
de l'école de la rue Grôlée, il faut être matérialiste et
l'avoir démontré d'une façon péremptoire, en assom-
mant le curé de sa paroisse. Si l'on n'y mettait ordre,

du train dont. nous allons, il faudrait bientôt mieux que cela, et nous verrions les Parisiens, dans l'impossibilité d'envoyer Millière et Ferré à l'Assemblée nationale, porter leurs cendres au Panthéon. S'il en était de même partout, nous pourrions porter dans nos cœurs le deuil de la patrie ; mais l'éducation politique des campagnes est meilleure que celle des grands centres de population. Le parti républicain, en province, paie bien cher les succès du parti radical à Paris, et le nombre augmente tous les jours de ceux qui pensent que la République en France est au moins aussi vieille que M. Thiers.

En revanche, le parti monarchique s'affirme de plus en plus et gagne du terrain dans l'esprit des masses. Le parti bonapartiste lui-même, dans certains départements, dans le nôtre en particulier, conserve ses positions, quoique ses chances pour l'avenir, déjà si faibles après le Quatre-Septembre, aient été anéanties pour longtemps, sinon pour toujours, par la mort de Napoléon III. — Cet homme, en effet, ce grand joueur qui osa un jour prendre la France pour enjeu et qui la perdit par son imprévoyance, avait conservé aux yeux des populations rurales, malgré le coup de main brutal qui le fit naître de nos destinées et les terribles conséquences de sa chute, un prestige que peuvent expli-

quer les vingt années de prospérité matérielle que le
pays lui a dues, ou du moins a cru lui devoir. Ceux-là
sont nombreux, je le sais, qui disent qu'après Sedan,
l'empereur était devenu pour tous un objet de haine
ou de mépris; mais, fussent-ils encore plus nombreux,
je n'en garderais pas moins cette conviction que, parmi
ceux qui avaient formé la majorité aux plébiscites de
l'Empire, un grand nombre prononçaient le nom de
Napoléon avec de profonds regrets du passé et quelque
espérance pour l'avenir. Je ne veux pas d'autre preuve
de ce que j'avance que la douloureuse impression produite par la nouvelle de cette mort. Les journaux qui
eurent la pudeur de ne pas jeter l'insulte à cette tombe
qui se fermait dans l'exil, restèrent silencieux; le bronze
de nos cathédrales fut aussi muet que celui de nos
polygones : et cependant, dans les plus pauvres ha-
meaux, dans les plus modestes demeures de paysans,
on s'entretenait de celui qui venait de mourir : ici le
deuil était dans les cœurs, là, les larmes dans les yeux,
car beaucoup qui ne le diront jamais ont pleuré ce
jour-là; partout la tristesse était dans les âmes. Le
peuple, devançant l'arrêt de l'histoire, qui jugera plus
tard avec impartialité les hommes et les faits de cette
époque fatale, reprochait à l'empereur son imprudence,
peut-être même son incapacité; mais, dans sa pensée,

ces chefs d'accusation n'impliquaient pas l'infamie, et, cherchant dans ses souvenirs des compensations à Sedan, il trouvait Sébastopol et Solférino. Il se souvenait aussi, — le peuple a quelquefois bonne mémoire, — de la sœur de charité des hôpitaux de Paris, de l'héroïne d'Amiens, de cette femme qui fut, pendant dix-huit ans, au milieu de ses sujets, l'incarnation de la charité.

Eh bien! malgré ces souvenirs impérissables qu'une grande partie de la nation garde de l'Empire, une restauration bonapartiste est aujourd'hui impossible, car si le prince impérial est encore, à cause de son âge, sans prestige et sans autorité aux yeux des masses, qui, à défaut de principes, veulent au moins des hommes ayant donné des preuves d'énergie, ceux qui réfléchissent et se souviennent verraient avec peine revenir au pouvoir ces hommes dont la témérité, je dirais presque l'hébêtement en matière politique, a contribué pour une large part à nous conduire où nous en sommes. De plus, il est à craindre que, sous l'influence des hommes que lui a légués son père, le jeune prince veuille reprendre cette tradition napoléonienne que la dernière guerre a interrompue, tradition de conquêtes et de gloire militaire, mais que nous pouvons aujourd'hui nommer à bon droit la légende des invasions et des désastres de la patrie. Nos merveilleuses ressources et notre patriotisme nous permettront de sortir encore une fois de l'abîme où nous a jetés le second chant de cette épopée fatale ; mais que Dieu nous préserve du troisième !

Malgré les inquiétudes que nous inspire l'état actuel de nos propres affaires, nous nous préoccupons ici peut-être plus qu'à Paris de ce qui se passe de l'autre côté des Pyrénées. La proximité des lieux où est engagée cette lutte obstinée vous explique suffisamment l'intérêt que nous prenons à ses diverses phases. A l'exception des républicains, tout le monde fait des vœux pour le triomphe de Don Carlos. Pour moi, je n'éprouve que peu de sympathie pour ce prince, et si je lui souhaite un succès complet et rapide, c'est que je ne vois pas d'autre moyen de rendre à l'Espagne le repos et la paix qui peuvent encore la sauver. Je désire surtout qu'il étouffe au plus vite la jeune Républque, avant qu'elle n'ait eu le temps de dégénérer en Commune, à Barcelone et ailleurs, et de prouver qu'elle est là, comme en France, une plante vénéneuse aux apparences séduisantes, dont les fleurs sont plus rouges que celles du grenadier, mais dont les fruits ne renferment que de la cendre.

Et cependant, pour dire ce que je pense de ce prétendant qui s'est fait chef de guérillas, je dois avouer qu'il m'inspire une profonde répulsion, car je trouve que, pour un futur roi d'Espagne, il a trop de sang espagnol sur son drapeau. Ah! que j'aime mieux la conduite loyale du prince qui représente chez nous le même principe, et qui, confiant dans son droit, mais incapable de recourir à la violence pour le faire reconnaître, a prononcé un jour ces mots dignes d'un Bourbon et d'un Chrétien : « La parole est à la France, l'heure est à Dieu. » Noble langage qui permettrait à celui qui le tient d'être le roi d'un grand peuple et non le chef d'un parti, si l'heure qu'il attend venait à sonner. Pour excuser Don Carlos, on l'a comparé à Henri IV, obligé comme lui de conquérir son royaume; mais, depuis le seizième siècle, les positions respectives des rois et des peuples ont singulièrement changé; les peuples ont marché à grands pas dans la voie de la liberté, et la race humaine ne peut plus être considérée, même en Espagne, comme la propriété d'un vainqueur, quel qu'il soit. Henri IV d'ailleurs n'avait pas seulement des Français à combattre; des Suisses, des Espagnols et des Belges formèrent souvent la majeure partie des armées qui lui furent opposées, à Ivry, par exemple, où il criait : « Quartier aux Français, main basse sur les étrangers! » Il n'en est pas de même pour le prince espagnol; et si, après un de ces nombreux combats qui couvrent de ruines le sol de sa patrie, il a le triste courage de visiter le champ de bataille, il peut se dire : « Tous ces morts sont mes sujets » ; et il doit alors rougir de ses lauriers, s'il se souvient qu'un jour, il y a vingt-cinq ans à peine, un membre de sa famille, un roi aimé de son peuple, préféra perdre le premier trône du monde que le conserver au prix du sang d'une populace insurgée.

Cette malheureuse Espagne joint encore à tous les fléaux qui la frappent une disette extraordinaire d'hommes capables de la servir utilement. Voyez plutôt : dans les rangs de l'armée, en admettant qu'il y en ait une, nous trouvons un général plus renommé pour les causes qu'il a trahies que pour les victoires qu'il a gagnées ; c'est Serrano : Isabelle le fit grand d'Espagne, il l'a chassée ; Amédée le fit son premier ministre, il l'a abandonné à l'heure du péril, se ménageant ainsi une sortie pour saluer la République dont il hâtera la fin par tous les moyens, s'il ne peut pas s'en faire nommer le président, et cela, pour offrir ses services à Don Carlos, qui aura, il faut l'espérer, la prudence de les refuser.

En dehors de l'armée, quels sont les personnages

qui jouent un rôle important sur la scène politique?
M. Castelar, un Jules Favre avant l'affaire Laluyé;
M. Figueras, quelque chose d'approchant; M. Pi y
Margall, moins encore : un Gambetta. A propos de
M. Gambetta, je me rappelle que je voulais vous parler
de son dernier discours; j'allais l'oublier, et je remer-
cie M. Pi y Margall de m'avoir fait songer au grand
apôtre des doctrines radicales en France. Les électeurs
de Belleville, Charonne et Ménilmontant, doivent être
dans une joie délirante pour avoir pu couvrir de leurs
applaudissements frénétiques les paroles que le maître
a bien voulu laisser tomber de ses lèvres augustes, en
faveur de la candidature Barodet.

D'abord, ce long morceau d'éloquence leur a prouvé
que cette fameuse laryngite, qui était leur cauchemar,
et qu'ils auraient dû au contraire bénir pour les services qu'elle a rendus à leur cause, ne paralysait plus
le puissant organe de leur tribun, et pour cela seul,
s'ils n'étaient tous disciples de M. Littré, ils vous auraient déjà assourdi par leurs *Te Deum* chantés à triple
carillon. Leurs principes religieux leur interdisant
ce moyen de fêter cette heureuse guérison, ils voudraient bien le remplacer par des salves d'artillerie;
malheureusement ils n'ont pas de canons; mais M. Gambetta, toujours bon prince, se charge de leur en four-

nir. A défaut de canons, qui peut-être ne pourront leur être livrés que le jour de son triomphe définitif, il leur promet des fusils en attendant mieux. Le canon fait plus de bruit et tue de plus loin, mais enfin le chassepot a du bon; rue des Rosiers, rue Haxo, à la Roquette et ailleurs, il n'allait pas déjà si mal, et on peut s'en contenter. Ainsi, nous sommes bien prévenus, la France peut compter l'armement de toute la nation au nombre des institutions démocratiques dont elle sera dotée par M. Gambetta et ses amis, le jour où elle sera à leur disposition.

Je ne veux rien dire des autres questions : « obliga- » tion et laïcité de l'instruction, impôt sur le revenu », qui doivent être inscrits, d'après l'orateur, sur le bulletin de vote de tout homme soucieux de fonder la vraie République et d'affirmer la victoire de la démocratie. Ce sont des menaces pour l'avenir, des nuages d'où la foudre sortirait peut-être un jour s'il leur était permis de se former sur nos têtes; mais du moins n'est-ce pas la destruction immédiate, l'anéantissement irrévocable de ce qui reste encore de la France; tandis que l'armement de la nation, — dans les conditions sociales, dans les disposions d'esprit où il se ferait, — n'est autre chose que la Commune dans les villes et la guerre civile partout, la France en un mot se suicidant comme l'Espagne à la clarté du pétrole.

Que ces extravagances soient débitées à Paris où fument encore de sinistres ruines, et sous les yeux de nos ennemis à qui nous devons une partie de notre rançon, cela ne me surprend que médiocrement: la République et la période électorale expliquent bien un peu tout cela; mais ce qui dépasse toute borne, ce qui soulève l'indignation publique, c'est que ce prétendu moyen de rendre au pays *sa prospérité et sa grandeur* soit réclamé par celui-là même entre les mains duquel il n'a produit que des désastres sans nom; car, ne l'oublions pas, c'est pour avoir voulu l'employer que le dictateur de Tours et de Bordeaux a fait perdre à la France trois milliards, une province et cent mille hommes.

Il faut que celui qui n'a pu organiser que la déroute et la famine, quand il donnait des ordres à nos généraux et à nos intendants, ait une forte dose d'impudence pour oser encore élever la voix en semblable matière. Dans les assemblées où il prend la parole, ne se trouvera-t-il donc jamais un homme pour le chasser de la tribune, en lui rappelant nos armées envoyées à l'ennemi, sans pain, sans munitions, sans vêtements, nos grandes préfectures occupées par des hommes dignes de Nouméa ou de Charenton, nos conseils généraux dissous, le suffrage universel violé la

2.

veille des plus graves élections que nous ayons jamais
faites, partout enfin la confusion et le désordre, partout l'anarchie triomphante.

Qu'il se souvienne de d'Aurelles de Paladines, des-
titué pour un échec dont la responsabilité ne pesait pas
sur lui; qu'il se souvienne de Bourbaki, poussé au
suicide par le désespoir où le jette la vue de son armée
mourant de faim : et alors peut-être comprendra-t-il
que lorsqu'on a donné, comme il l'a fait, la mesure de
ce que l'on vaut, on n'a plus qu'à aller finir ses jours
en mangeant du homard à Saint-Sébastien. Il peut
d'ailleurs, en se retirant, se rendre cette justice que sa
tâche est remplie et que son œuvre a produit les fruits
qu'il en attendait, puisque les assassins des otages et
ceux du commandant Arnaud ont laissé une lignée assez
nombreuse pour imposer à Paris et à Lyon la honte
d'être représentés par *ce qu'il y a de pire dans le mauvais*, selon l'expression d'un chef du radicalisme obligé
un jour de faire des aveux compromettants pour son
parti, afin de pallier un crime.

Mais l'heure approche, espérons-le, où, lasse d'être
à la merci de ces hommes qui ont applaudi à la chute
de l'empire pour faire le quatre Septembre et plus
tard la sarabande infernale du dix-huit Mars, la France
fera un suprême effort pour se soustraire à leur influence.

Ils crieront alors à la violence de la justice et de la liberté, eux qui ont épouvanté le monde par la façon dont ils ont méconnu l'une et l'autre, mais leurs plaintes seront étouffées par la puissante voix d'un grand peuple qui ne veut plus voir ses foyers violés, sa propriété détruite, le sol tremblant à chaque instant sous ses pas, — qui veut vivre enfin.

Il vivra, car il a pour lui le droit, le nombre et l'armée. — Oui, l'armée, voilà notre Palladium, la plus ferme base de notre confiance en l'avenir et de notre sécurité présente, puisqu'elle renferme les glorieux vaincus de Reischoffen et les vainqueurs de la Commune, dignes de conserver dans ses rangs le patriotisme qui nous rendra nos frontières, la ferme discipline et la haine du désordre qui nous sauveront de la démagogie.

P. PADER.

Latour, 30 avril 1873.

LETTRE GASCONNE, A NÉMO.

Eh bien! mon cher·Nemo, pensez-vous que votre ami *Pierroutet* (1) puisse enfin dormir tranquille, après avoir eu pendant longtemps le sommeil troublé par de sinistres visions? — Pour ma part, je le crois. J'ai eu les mêmes craintes que lui, j'ai vécu dans les mêmes angoisses, non sous la pression d'un cauchemar, mais étant bien éveillé, et aujourd'hui mes inquiétudes s'évanouissent, le calme se refait dans mon esprit, car si l'avenir me paraît encore chargé d'orages, les périls imminents sont du moins conjurés.

Il y a quelques jours à peine, M. Thiers, qui avait contribué pour une si large part au salut de la France, au mois de mai 1871, marchait encore à la tête de la révolution, qu'il avait vaincue à cette époque, contre le parti conservateur tout entier. Il savait bien cependant que derrière lui, à très-peu de distance et à l'ombre de

(1) Pierroutet est un autre correspondant de *Nemo* dans le *Conservateur du Gers.*

son drapeau, se tenaient les hommes qui préparaient la revanche légale de la Commune, dont on a fusillé les comparses en ménageant les chefs. Il savait que le radicalisme, dont chaque élection nouvelle affirmait les progrès, grâce à une propagande révolutionnaire tolérée jusqu'à l'abus, attendait avec confiance le jour où il devait ressaisir sa proie. En vain la majorité de l'Assemblée lui avait-elle plusieurs fois signalé l'abîme où aboutit la pente fatale sur laquelle il entraînait obstinément le pays, M. Thiers, sourd aux avertissements et aux conseils, a semblé prendre à tâche d'accentuer encore davantage sa raideur et sa méfiance vis-à-vis de la droite, ses concessions et ses faiblesses vis-à-vis de la gauche.

Quelques mois encore de cette politique qui déroutait les plus clairvoyants et alarmait les optimistes, les élections générales faites d'après les réformes dérisoires qu'il avait proposées, et il tombait, chassé par ceux-là mêmes qu'il avait soutenus. Son héritage, passant dans les mains de la démagogie, l'on décrétait la levée de l'état de siége dans les villes qui lui doivent leur sécurité, et l'amnistie rendait à la république communiste ses plus ardents défenseurs, et la France était peut-être perdue sans retour. En présence d'un pareil avenir, les représentants les plus autorisés de la pré-

servation sociale ont obligé M. Thiers de choisir entre
eux et leurs adversaires ; mais il a préféré opter pour
ceux-ci, quoiqu'il n'ignorât pas le terme où ils devaient
le conduire le jour où, ne pouvant plus les contenir, --
et ce jour était prochain, — il deviendrait fatalement
leur complice ou leur victime.   .

En voyant son entêtement à rester dans la fausse
situation qu'il s'était faite et qu'il avait faite au pays
par ses équivoques et ses contradictions, en voyant son
refus d'accorder aux intérêts menacés les garanties
demandées, la majorité s'est enfin décidée à faire sans
lui ce qu'il ne voulait pas faire avec elle. — En se
séparant résolûment de l'homme qu'en d'autres temps
elle avait placé à sa tête, elle n'a pas seulement usé de
son droit, mais elle a fait tout son devoir sans aller au-
delà. Ce qui le prouve, c'est la satisfaction universelle-
meut produite par la constitution du nouveau gouvernement, c'est la sensation de soulagement et de déli-
vrance que nous avons éprouvée en apprenant le chan-
gement légal qui confiait nos destinées au duc de
Magenta. Quand je dis *nous*, j'entends parler des conservateurs de tous les partis, mais des conservateurs
seulement. Ceux qui ne le sont pas ont dû être au
contraire médiocrement satisfaits, car c'était pour
eux aussi la fin de l'équivoque qui leur était si utile

pour atteindre leur but. Ils ont toutefois conservé un
calme absolu, qui serait, il faut bien le reconnaître,
plus méritoire s'il était moins forcé, et dont ils feront
bien de ne pas se départir, car la prudence le leur
conseille au moins autant que la dignité.

Les fils télégraphiques, en apportant cette nouvelle à
travers l'espace, semblaient avoir rendu l'air plus vif et
plus pur; les esprits étaient rassurés et les âmes
joyeuses, on respirait plus à l'aise, l'horizon s'était
éclairci.

Cette impression favorable a été encore fortifiée par
la profession de foi du président de la République :
« La pensée qui m'a guidé dans la composition de mon
» ministère, dit-il dans son Message à l'Assemblée, et
» celle qui devra l'inspirer lui-même dans tous ses ac-
» tes, c'est le respect de sa volonté et le désir d'en
» être toujours le scrupuleux exécuteur. » Voilà une
déclaration nette et précise. Le maréchal de Mac-
Mahon a senti que, dans les circonstances présentes,
elle était nécessaire et qu'elle produirait le meilleur
effet sur tous ceux qui désirent voir fonctionner en
France le gouvernement parlementaire. Mais si elle
était nécessaire, tous, j'en suis convaincu, l'ont jugée
suffisante, car personne ne doute de la sincérité de celui qui l'a faite et de sa résolution à demeurer sur le

terrain où il s'est placé dès le premier jour. Connais-
sant l'homme auquel nous nous sommes confiés, nous
avons tous la certitude qu'il défendra les principes
adoptés par lui comme il a défendu le drapeau de la
France sur les champs de bataille. L'honneur l'oblige à
être fidèle à sa parole donnée. A *Constantine*, à *Magenta*,
à *Reischoffen*, à *Sedan*, à *Paris*, il a été fidèle à l'un et
à l'autre; il le fut aussi à *Malakoff*, où il écrivit sous le
feu des batteries russes sa fière devise : « J'y suis, donc
j'y resterai. »

Toutefois, la partie du Message qui caractérise le
plus énergiquement la politique du nouveau chef de
l'Etat, c'est la fin : « *in caudâ venenum* », dirais-je si
j'étais radical. Qui de nous, en effet, n'a pas vu la ferme
intention de rétablir le respect de la loi et des législa-
teurs, l'intégrité du mandat représentatif et l'autorité
souveraine de la majorité, dans ce passage qui a sou-
levé de si légitimes applaudissements : « A tous les titres
» qui commandent notre obéissance, l'Assemblée joint
» celui d'être le véritable boulevard de la société me-
» nacée en France et en Europe par une faction qui
» met en péril le repos de tous les peuples, et qui ne
» hâte votre dissolution que parce qu'elle voit en vous
» le principal obstacle à ses desseins. — Je considère
» le poste où vous m'avez placé comme celui d'une sen-

» tinelle qui veille à l'intégrité de votre pouvoir sou-
» verain. »

Ces nobles paroles, qui sont la répudiation de la politique égoïste et personnelle de M. Thiers, puisent une
si grande autorité dans le nom de celui qui les a prononcées, qu'elles ont suffi à calmer toutes les craintes
et à rendre la confiance aux esprits les plus timorés.
Les actes qui les ont précédées ou suivies de près :
composition du cabinet, dans lequel notre département
est fier d'avoir vu entrer Monsieur Batbie, qui osa le
premier constater la nécessité d'un gouvernement de
combat; mouvement administratif et judiciaire; en un
mot, toutes les mesures prises par le maréchal de
Mac-Mahon ont répondu à l'attente générale, et
j'entends dire autour de moi par tous ceux qui se
souviennent encore du dernier discours de M. Thiers :
« Nous avions il y a quelque jours une république ALAR-
» MANTE, celle-ci est RASSURANTE. »

Etes-vous de cet avis, cher Nemo ? Pour ma part,
j'en diffère un peu. Je veux bien admettre, affirmer au
besoin que notre situation actuelle est bonne pour le
moment, comme je vous le disais au commencement de
ma lettre; mais, si je cède à cet instinct qui me porte
sans cesse à penser à l'avenir, mon opinion se modifie
aussitôt. En d'autres termes, je reconnais que la forme

républicaine peut être pour nous dans certaines circonstances un gouvernement acceptable, par exemple,
lorsqu'elle a pour bases, comme aujourd'hui, la cen-
tralisation administrative, la solidarité de l'Eglise et de
l'Etat, la tutelle des communes et autres institutions
aussi peu entachées de démocratie ; mais, en principe,
dans les conditions sociales qui nous sont faites, je ne
pense pas qu'elle soit. Je serai peut-être traité par certaines personnes de pessimiste, d'esprit mal fait, de
trouble-fête, que sais-je encore ? Mais, n'ayant pas reçu
comme elles le don précieux de ne pas songer au
lendemain, je persiste dans ma croyance, et voici
pourquoi.

Il y a en apparence une certaine anologie entre la
situation actuelle du maréchal de Mac-Mahon et celle
où se trouvait Monk, après le Protectorat de Richard
Cromwel ; mais cette analogie n'existe pas en réalité.
Monk était sollicité à la fois par les *têtes rondes*, qui
voulaient le maintien de la République, et par les
cavaliers, qui préparaient la restauration des Stuarts.
La position du duc de Magenta est beaucoup plus
simple. Il est, comme il l'a reconnu lui-même, le
délégué de l'Assemblée chargé de faire respecter ses
volontés, la sentinelle choisie par la majorité pour
veiller à « *l'intégrité de son pouvoir souverain* », le

défenseur de la société menacée, le bras armé pour arrêter les factions audacieuses et frapper les coupables. Il est tout cela, mais rien de plus.

S'il voulait devenir autre chose, il devrait, reniant sa vie, les hommes et les principes qui l'ont porté au pouvoir, passer dans le camp de ses adversaires, — et nous savons qu'eux-mêmes ne se bercent pas de cet espoir, — ou bien provoquer une solution monarchique ; mais il sait qu'il tenterait l'impossible, vu la diversité des opinions qui composent aujourd'hui la majorité qui l'a élu, et sans laquelle il ne peut rien. Il restera donc président d'une république conservatrice et provisoire jusqu'au jour où il déposera ses pouvoirs, non sur la tête d'un roi ou sur la hampe de tel ou tel drapeau, mais entre les mains des représentants du pays. Ce jour est encore éloigné, je le crois du moins et je l'espère, mais il arrivera fatalement, et alors de deux choses l'une : ou bien un des partis monarchiques dont la compétition est aujourd'hui si funeste, formera la majorité dans l'Assemblée qui siégera à cette époque, et hâtera le retour d'une dynastie ; ou bien le radicalisme aura triomphé, car le déplacement des centres en faveur de la droite ou de la gauche n'est pour moi qu'une question de temps ou de nouvelles élections générales, et dans ce cas nous en serons réduits non

plus à continuer ce qu'on a appelé l'essai de la république, mais à la proclamer officiellement, avec toutes
les garanties exigées par la gauche, dût-elle produire
les résultats rêvés par l'extrême gauche, qui commence
à Gambetta et finit à Versmesh. Cette alternative suffit
à détruire en partie ma confiance présente, et quoique
j'accorde peu de chances à l'éventuallité d'une domination même passagère de la gauche dans nos pro-
chaines Assemblées, la possibilité d'un événement
pareil doit activer la vigilance de ceux à qui nous avons
remis la défense de nos intérêts.

La république, dotée d'institutions démocratiques,
et ceci est pour moi un axiome, ne peut que précipiter
la France dans les misères et les attentats que nous
connaissons, parce qu'il est dans sa fatalité de raviver,
pour s'en faire des appuis, tous les mauvais penchants
de nos révolutions passées. Je ne confonds certainement pas dans un même sentiment de répugnance les
nuances diverses qui s'étendent de la gauche modérée
à l'extrême gauche, ou les hommes qui leur apportent
l'appoint de leur talent ou de leur renommée ; mais que
m'importent les différences qui existent entre les utopistes inoffensifs et les démolisseurs enragés de tous
les principes sociaux ? A quoi me servent les mérites
personnels d'un chef qui se distingue des bandes qu'il

conduit, alors qu'ils se prêtent un mutuel appui et qu'ils marchent ensemble au combat pour ne se diviser qu'après la victoire ?

Dieu pourra faire à chacun sa part exacte de culpabilité ou de mérite ; mais nous, profitant des leçons du passé, nous devrions savoir qu'il ne faut pas se contenter de regarder le front des camps politiques, leur avant-garde ou leur état-major, pour juger de ce qu'ils renferment, mais arriver jusqu'aux dernières lignes, jusqu'aux derniers rangs. C'est là que s'agitent des hommes encore méprisés de ceux qui les précèdent ; mais dès qu'on se met en marche, le premier rang tombe, puis le second, puis enfin le pouvoir arrive, comme le disait un jour M. de Salvandy, « à ces » déclamateurs jeunes ou dédaignés qu'on appelait » naguère insignifiants, étourdis, compromettants, » médiocres, et qui ont un moyen de se grandir, c'est » de mettre le pied sur le billot. »

Je le déclare donc nettement, il n'y a pas pour moi de république *rassurante*; la seule possible pendant quelque temps, celle dont les hautes fonctions sont exclusivement confiées à des conservateurs, nous conduit, dans un délai plus ou moins long, à l'ébranlement des bases sur lesquelles repose la société, en laissant la porte ouverte à toutes les compétitions des partis politiques, à toutes les tentatives ambiteuses de leurs chefs.

Il faudra revenir tôt ou tard à la monarchie, parce qu'elle peut seule opposer un contre-poids assez puissant à la démocratie qui, livrée à ses propres forces, nous conduit à l'anarchie populaire, et parce qu'elle peut seule donner à la France qu'elle a faite et qu'elle conservera, la sécurité et la liberté dans l'ordre.

P. PADER.

Latour, 5 juin 1873.

LETTRE GASCONNE, A NEMO.

———

Mon cher Nemo,

Votre lettre, que j'ai reçue il y a peu de jours, contient à mon adresse beaucoup trop d'éloges pour que je ne m'empresse pas de vous dire que je n'en accepte qu'une faible partie. Ceux-là peuvent seulement me convenir qui concernent ma franchise et aussi mon désir sincère d'être utile au peuple, dont je crois défendre les intérêts en combattant, dans ma modeste sphère d'action, ceux qui s'efforcent de pervertir son esprit. Je n'ai pas la prétention d'être un brillant publiciste, encore moins un profond politique ; je laisse à d'autres ces titres qui s'accorderaient mal avec mon âge et mon étude encore trop courte des questions sociales dont la solution préoccupe aujourd'hui les esprits. Ma seule ambition consiste à marcher dans les rangs de ceux que vous conviez à une *croisade contre les ennemis de la société*. La seule place que je désire, je la choisis à côté de ceux qui s'efforcent de désabuser le peuple des fausses maximes que lui prêchent ceux qui veulent l'exalter au point de pouvoir le jeter à leur fantaisie dans les voies du désordre.

Vous dites avec raison : *le peuple a été grisé de rêves ambitieux et d'aspirations malsaines.* Vous constatez en quelques mots les causes de cette inquiétude, de ce malaise universel et profond dont souffre notre pays.

D'autres chercheront ailleurs les motifs de cet état extraordinaire ; pour moi, je les trouve comme vous dans l'ébranlement de tous les principes auxquels se lient les destinées humaines, ébranlement causé par les hommes qui apprennent au soldat l'indiscipline et le mépris de ses chefs, qui soufflent au cœur de l'ouvrier et du paysan la vanité et la haine, qui font enfin de la résistance aux lois et de la révolte contre toute autorité un droit précieux et incontestable. Oui, l'ordre social est aujourd'hui miné jusqu'à ses fondements ; je l'ai déjà dit dans une de mes lettres, mais j'y reviens encore, parce que je veux signaler, avec plus de précision, l'origine et les effets de cet état de choses. Les faire connaître, c'est les combattre.

Il est des temps difficiles et tourmentés où il est bon que des voix nombreuses s'élèvent pour défendre les principes conservateurs qu'un peuple ne peut méconnaître sans tomber dans l'anarchie.

Nous vivons dans un de ces temps. L'esprit de la révolution à outrance et du nivellement brutal marche aujourd'hui à la tête des masses soulevées par des orateurs de brasserie, par des grands hommes d'estaminet. Aussi doit-on leur faire entendre, le plus souvent possible, des conseils dictés par un amour sincère de leurs intérêts les plus chers. Il faut dire au peuple, lui répéter sans cesse et lui prouver que ceux-là abusent effrontément de sa crédulité qui s'instituent ses chefs et ses guides, sous prétexte de le conduire à la conquête de nouveaux droits, de nouvelles libertés ou de nouveaux pouvoirs. Il faut qu'il sache que tous ces réformateurs des principes sociaux, économiques ou moraux, sur lesquels repose la nation française depuis la révolution de 1789, sont presque toujours des nullités bruyantes dont la cupidité ou l'orgueil font des des courtisans de la multitude. Il y en a beaucoup parmi eux qui se disent de fiers républicains, qui, s'ils avaient vécu sous Louis XIV ou sous Louis XV, auraient accepté une place de veneur, de laquais, pis encore peut-être, tant l'instinct est puissant chez certaines natures. Il y a toujours eu des âmes basses qui ont éprouvé le besoin de ramper devant un maître pour être à portée de flatter ses passions. Malheureusement, il y en a encore aujourd'hui. C'est là le vrai caractère du

3.

courtisan. Les rois absolus ont eu les leurs ; le roi du
moment, le peuple souverain, a maintenant les siens.
Les premiers perdirent toute notion de justice, de
morale et de droit, et leur nom reste flétri dans les
annales des peuples, parce qu'ils se laissèrent corrom-
pre par les plats valets toujours prêts à caresser leurs
mauvais penchants. Le second, dont la puissance est
plus grande encore puisqu'il peut tout sauver par sa
prudence et sa raison, de même qu'il peut tout perdre
dans une heure d'égarement ou de faiblesse, le second
est à son tour encensé, flatté par des imposteurs qui
prétendent le servir et qui ne veulent que le séduire
pour mieux l'enchaîner. Pour exciter sa vanité, ils
vantent son génie, en comptant bien lui en prêter un
jour. Pour l'amener à rompre les digues qui les arrêtent sur la voie du succès ou de la fortune, ils exaltent
sa force dans l'espoir d'en user à leur profit et de la
dompter plus tard, quand ils auront reçu de lui-même
la puissance de le maîtriser.

Et le venin de leurs doctrines est si mielleux, et
leurs paroles sont si tortueusement habiles, et leurs
poses de champions ou de martyrs de la liberté sont
tour à tour si superbes ou si navrantes, qu'ils duperaient
encore ceux qui les écoutent, si leurs perfides manœu-
vres n'étaient pas dévoilées. Mais les masques tombe-

ront qui permettent encore aux courtisans de la foule
de préparer l'avenir du pays du haut d'un balcon, ou
dans un banquet démagogique, entre deux pots de
vin.

Beaucoup sont déjà tombés, et des plus fameux,
laissant à découvert, en butte au mépris public, des
visages qui *grimacent* encore, en le profanant, le mot
de liberté. Ils tomberont tous ainsi, et alors l'immense
majorité de la nation dans laquelle je comprends les
propriétaires, les cultivateurs, les paysans de tous nos
départements attachés aux foyers de leurs pères; les
manufacturiers, les négociants de toutes nos villes,
dont les affaires sont en souffrance; le vrai peuple en un
mot verra face à face les prétendus apôtres des droits
de l'humanité qui tâchent de légitimer leur ambition
du nom et de l'autorité de leurs dupes. Il comprendra,
ce peuple qu'on veut enivrer de fausse égalité, de
fausse liberté, de fausse et de mauvaise philosophie, il
comprendra quel torrent le pousse et quel abîme
l'attend.

Il se détournera de ces hommes qui veulent, avec
l'appui des *nouvelles couches sociales* créées à leur usage,
commander à tous ceux qui n'en feraient pas partie.
Enfin, il se souviendra aisément, sous peine d'avoir la
mémoire bien courte, qu'il n'est pas de plus âpre des-

pote qu'un républicain au pouvoir, qu'il n'est pas d'autocrate, pas de tyran plus capricieux ou plus insolent qu'un démocrate parlant au nom des fiers-à-bras de l'émeute.

Instruit par d'amères déceptions et de cruels déboires, le peuple, livré à son propre bon sens, en arriverait à juger sainement les hommes et les doctrines du radicalisme. Il pourrait se faire toutefois que ce jour vînt trop tard où il sentirait tomber de ses yeux les dernières écailles qui lui cachent encore la vérité. C'est à nous d'en hâter l'arrivée ; à nous, c'est-à-dire à tous les conservateurs qui se sont rendu compte du genre d'ennemis qu'ils ont devant eux. Pour atteindre ce but, nous devons faire comprendre au peuple dont nous faisons partie, qu'en fait de puissance et de participation à la gestion des affaires publiques, qu'en fait d'égalité et de liberté, de liberté surtout, il a aujourd'hui tout ce qu'une nation libre peut désirer. Nous devons lui prouver que, dans cette voie, il est impossible de faire un pas de plus, et que ceux qui exigent davantage veulent une révolution sociale dont il serait la première victime, après en avoir été l'instrument.

Dans ma prochaine lettre, qui ne se fera pas longtemps attendre, j'aborderai ces questions, et j'espère démontrer ce que je viens d'affirmer dans celle-ci.

Aujourd'hui, mon cher Nemo, j'ai voulu seulement, en témoignant du plaisir que m'a fait éprouver votre cri de ralliement, jeter un coup-d'œil rapide sur le terrain où nous devons combattre, sur la voie que nous devons parcourir ensemble.

P. PADER.

Latour, 9 août 1873.

LETTRE GASCONNE, A NEMO.

Mon cher Nemo,

Au mois de septembre 1848, au lendemain d'une révolution dont les conséquences ont si douloureusement pesé sur nous, Monsieur Thiers s'écriait : « Il faut » défendre la société contre de dangereux sectaires, il » faut la défendre par la force contre les tentatives » armées de leurs disciples, par la raison contre leurs » sophismes..... Il ne s'agit plus d'embellir les de- » meures qu'habitent nos familles, il s'agit d'empêcher » qu'elles ne s'écroulent dans les abîmes. »

La seconde de nos républiques remplaçait depuis quelques jours à peine la monarchie de Juillet, et déjà les droits les plus sacrés et les vérités morales les plus incontestables étaient audacieusement niés et battus en brèche par les utopistes contemporains. Les doctrines communistes, socialistes ou d'autres encore tout aussi odieuses et aussi ridicules, prêchées au grand jour, faisaient rage dans cette société qui n'avait pour guide et pour appui qu'un gouvernement dérisoire, digne pendant de celui dont nous dota, au 4 septembre 1870,

la populace de Paris. Sous prétexte d'augmenter le
bien-être des masses, en organisant le travail sur des
bases nouvelles, des réformateurs insensés dirigeaient
impunément leurs violentes attaques contre l'ordre
social et surtout contre le droit de propriété qui en est
le fondement. Ils parlaient sans cesse au peuple de ses
intérêts sacrifiés ou méconnus dans une société faite
par les riches et pour les riches; ils faisaient appel aux
instincts grossiers, aux passions brutales de la foule,
pour accomplir, avec leur aide, une révolution sociale
absolue et complète.

Ne vous semble-il pas, cher Nemo, que cet état de
choses différait très-peu de celui qui, avant le 24 mai,
alarmait si fort Pierroutet, votre correspondant et
votre ami intime, je crois? Pas un abonné du *Conser-*
vateur n'a oublié les terreurs que lui inspirait, à juste
titre, l'avenir de la France, pas plus que les charman-
tes lettres patoises qu'il vous adressait à ce sujet. Si,
depuis cette époque, les périls les plus imminents ont
été conjurés, ils n'en existent pas moins en réalité,
car il y a encore parmi nous, comme en 1848, des
hommes qu'aucune expérience n'a éclairés, et qui per-
sistent à demander cette révolution sociale, comme
pour tenir un engagement qu'ils semblent avoir pris
d'en accomplir une à tout prix.

Le but qu'ils poursuivent est toujours le même, mais les moyens à employer pour égarer la multitude ont un peu changé.

Il y a vingt-cinq ans, ils tâchaient de soulever le peuple, en lui parlant des privations et des souffrances qu'il endurait, de tout le bonheur dont il était injustement privé. Ces déclamations bruyantes s'adressant à l'ignorance, à l'envie stupide, à la mauvaise ambition, produisirent ce qu'elles produiront toujours : le désordre d'abord, et le despotisme ensuite, les journées de Juin et le coup d'Etat du Deux-Décembre.

Devant un pareil résultat, on a cru bon de changer de thème ; aussi voyons-nous nos philosophes communistes, socialistes et autres, que nous désignons aujourd'hui sous le nom générique de radicaux, laisser de côté les intérêts matériels du peuple pour lui parler de ses droits et de ses pouvoirs. N'osant plus lui promettre, au nom de leurs doctrines, le bonheur que donne la fortune, depuis qu'on a vu la façon dont ils administrent la richesse publique, quand ils sont au pouvoir, et le scrupule avec lequel sont respectées les propriétés privées, le jour ou leurs systèmes arrivent à leur complet développement, ils lui promettent la puissance et font retentir à ses oreilles les mots enivrants de liberté et d'égalité. Réussiront-ils mieux que leurs devanciers ? Non, cent fois non, et cela pour une raison bien simple, c'est que la révolution qu'ils demandent est faite depuis quatre-vingt-quatre ans. Je n'irai pas toutefois jusqu'à dire que leur persévérance ne produira rien, absolument rien ; je suis même disposé à reconnaître les résultats qu'elle a obtenus jusqu'ici ; il faut être juste, surtout envers des adversaires, quand d'ailleurs il en coûte aussi peu.

Par exemple, il est démontré aujourd'hui qu'en empêchant le gouvernement de l'empereur de faire les armements nécessaires à une guerre contre la Prusse, ils ont été une des principales causes de nos désastres. Ils invoquaient, je le sais, un bien noble sentiment, la fraternité des peuples ; mais la France a payé cinq milliards, perdu deux provinces, son rang en Europe, son prestige et sa gloire militaire, pour apprendre que ce sentiment n'existait pas. Je sais qu'au Quatre-Septembre, ils ont pu, avec l'aide de ceux qui devaient plus tard faire le Dix-Huit Mars, disperser le Corps législatif, chasser une femme des Tuileries et triompher à l'Hôtel-de-Ville, en proclamant la république, pendant que la nation entière versait des larmes de rage et de désespoir. L'occasion était bonne, il faut en convenir ; elle offrait toutes les conditions favorables à l'apparition de cette forme de gouvernement chez les peuples monarchiques. Chacun sait, en effet, qu'il faut pour cela des ruines, de la honte et du sang, et Sedan y avait pourvu.

Ils ont fait encore, par eux-mêmes ou par leurs disciples qui ont voulu mettre en pratique, avec une logique implacable, les théories qu'ils avaient entendues, ils ont fait, dis-je, la Commune de Paris et celles, moins sanglantes, mais aussi grotesquement hideuses, de Lyon et de Marseille, sans compter les émeutes de Saint-Etienne, de Nantes et de Perpignan.

Ils ont doublé, il est vrai, le prix de notre rançon et jeté, à pleines mains, l'humiliation sur nos défaites; mais n'oublions pas qu'ils ont aussi obtenu d'incontestables succès et accompli, dans des journées meurtrières où ils ont donné la mesure de leur valeur, des faits d'armes dont le souvenir traversera les siècles. Devant leurs terribles légions, les généraux Lecomte et Clément Thomas ont mordu la poussière. L'Archevêque de Paris, le curé de la Madeleine, M. Bonjean, les otages, les Dominicains d'Arcueil, des gendarmes et tant d'autres que je ne nomme pas sont tombés sous les coups de ces braves. Telle était du reste leur puissance, qu'un ordre, un geste leur suffisaient pour faire crouler les monuments séculaires qui leur déplaisaient. Plusieurs édifices pour lesquels on avait dépensé des millions et le travail de plusieurs générations ont ainsi disparu, en quelques instants, abîmés dans leurs décombres. Au souffle de leurs trompettes, plus formidables que celles de Josué, le bronze, le marbre et la pierre volaient comme des fêtus de paille.

Voilà l'œuvre la plus récente des novateurs modernes qui prêchent encore au peuple la nécessité d'une révolution.

En fait de révolution, ils ont immortalisé le pétrole !

Ils prétendaient servir la cause de l'humanité, et ils l'ont épouvantée par les excès où conduisent fatalement leurs principes. Ils disaient, certains même croyaient peut-être mériter par leurs actes la reconnaissance de leurs contemporains, et ils ont conquis une place bien méritée aux gémonies de notre histoire.

Ah! c'est que, pour faire une révolution sociale, il ne suffit pas de la vouloir ; il ne suffit pas d'agiter un peuple en la lui promettant comme un remède infaillible aux douleurs et aux misères inséparables de la nature humaine ; il faut qu'il y ait matière à cette révolution, il faut avoir une société à réformer. Si on veut en faire une à tout prix, qu'on cherche un pays où il y ait des priviléges, des vexations, des droits tyranniques à renverser ; qu'on aille, par exemple, sur les rives du Bosphore rendre à la femme musulmane la

liberté et la dignité que le Coran lui a ravies ; — quand
à réformer la société française, c'est aujourd'hui impossible ; il fallait pour cela entrer dans la carrière
en 1789. Notre état social est maintenant fondé sur de
telles bases, grâce à l'œuvre impérissable accomplie
dans la nuit du Quatre-Août, qu'il est impossible à un
homme de bonne foi de trouver autre chose à supprimer que quelques abus inévitables, conséquence fatale
de l'imperfection de l'homme.

Avant cette date, il y avait de nombreux vestiges de
la barbarie féodale dont le sacrifice était nécessaire.
Une partie de la nation soumise à l'autre supportait
une foule de droits vexatoires. Les uns obligeaient les
paysans à des redevances ruineuses, les autres les sou-
mettaient envers leurs seigneurs à des respects et à des
services humiliants. L'impôt pesait inégalement sur
les diverses classes; la plus pauvre, celle qui travail-
lait la terre, mangeait du pain de seigle et dormait
sous le chaume, le payait presque tout entier et portait
en même temps le joug des dîmes et des corvées. Nous
savons d'ailleurs que les budgets étaient écrasants pour
la masse de la richesse. Celui de 1784, par exemple,
dépassait six cents millions, et il ne comprenait ni les
dépenses du clergé, ni celles de la justice, ni celles
de l'intruction publique, ni une foule d'autres dépen-

ses civiles ou militaires payées par les provinces. La population de la France n'était alors que de vingt-quatre millions d'habitants, et comme la noblesse ne payait que peu de chose, et le clergé absolument rien, la presque totalité de ces six cents millions retombait sur le peuple.

Tout le monde ne subissait pas les mêmes peines pour les mêmes crimes. Pour les uns il y avait le gibet, pour les autres une foule de manières d'éviter l'infamie et la mort les mieux méritées.

Eh bien! toutes ces usurpations de la force sur la faiblesse ont été détruites dans cette séance mémorable où, les classes privilégiées rivalisant d'enthousiasme pour sacrifier leurs droits féodaux, leurs biens et leurs titres, l'Assemblée constituante put décréter l'abolition de la qualité de serf, des juridictions seigneuriales de la dîme et de la vénalité des offices; l'égalité des impôts, l'admission de tous aux emplois civils et militaires. Dès lors, toutes nos libertés étaient acquises, l'égalité des hommes, des frères, des citoyens, des classes était reconnue et fondée.

Depuis cette époque, la révolution sociale après laquelle soupirait la France est un fait accompli. A ceux qui prétendent qu'elle n'est pas achevée et qui veulent la pousser plus loin, sans songer que plus loin c'est le

désordre sans terme et sans résultat, parce qu'il serait
sans but, à tous ceux-là je dirai : — Où voyez-vous encore des priviléges, où voyez-vous des incapacités de
naissance ou de religion? Pour ma part, je n'en sais
point trouver.

En fait d'inégalités, il n'y en a pas d'autres que celle
de l'esprit qui n'est pas imputable à la loi, ou celle de
la fortune qui dérive du travail et du droit de propriété.
Quant à des inégalités sociales, il n'y en a plus, et il
ne peut plus en exister. Le temps est passé des vieilles
aristocraties exclusives et immobilisées ; une seule est
restée : celle du talent, et les voies qui y conduisent
sont ouvertes à tous.

La propriété ne constitue plus un droit réservé à certaines classes, elle est accessible à tout le monde par le
travail et l'économie.

La liberté individuelle, celle de la conscience, celle
de l'enseignement, celle de la parole, toutes nos libertés civiles en un mot sont aujourd'hui des droits incontestables et incontestés; en désirer de nouvelles est
insensé, car il est impossible d'en créer d'autres, sans
qu'elles dégénèrent toutes en licence.

Je me résume, en terminant : — La propriété, la
sécurité, la prospérité, la liberté sont aujourd'hui des
biens communs à tous; mais, ne l'oublions pas, si par

notre imprudence, nous compromettions cet héritage que nos pères nous ont laissé, au prix des plus grands sacrifices, au prix d'une génération décimée, la tempête que nous aurions déchaînée sévirait contre tous en même temps.

Le paysan qui n'a que quelques ares de terre serait aujourd'hui aussi suspect et aussi tôt proscrit que le bourgeois ou le gentilhomme, et sa modeste demeure ne serait pas plus épargnée que le comptoir ou le château. Il tient à sa propriété, si petite qu'elle soit ; elle nourrit sa famille, et son père l'a arrosée de ses sueurs : il y est né, il veut y mourir ; il l'aime de toutes les forces de son âme ; il veut la conserver à tout prix et l'agrandir sans cesse. C'est là son droit et même son devoir, mais cela suffit à faire de lui un ennemi déclaré de ceux qui n'ont su rien acquérir ou rien conserver, et qui, ne possédant rien aujourd'hui, veulent bouleverser la société, afin de tout avoir demain.

P. PADER.

Latour, 30 septembre 1873.

LETTRE GASCONNE, A NEMO.

Cher Nemo,

Parmi le événements qui se sont accomplis depuis ma dernière lettre, il en est un au sujet duquel je vous prie de me permettre un silence absolu. Il est des circonstances où il me convient de laisser à d'autres le souci des récriminations inutiles ou des applaudissements exagérés.

Lorsque j'ai vu Monsieur le comte de Chambord ensevelir fièrement sa couronne et la monarchie dans les plis du drapeau blanc, je n'ai pas voulu exposer en public mes regrets et mes angoisses. Ma conduite a d'ailleurs été ce qu'elle est toujours en semblable occasion : devant un tombeau, je me découvre et je me tais.

Dieu veuille que ce tombeau ne soit pas scellé à jamais, et qu'un jour la monarchie, secouant son suaire, se relève, comme un nouveau Lazare, pleine de force et de vie, pour rendre à la France la sécurité dans l'ordre, en plaçant au sommet du pouvoir la stabilité et le droit ! Ce jour viendra, j'en ai le ferme espoir, car je me refuse à croire que nous soyons irrévocablement condamnés à périr ; mais il faut, d'ici là, empêcher le pays de tomber dans le chaos. Dans un avenir plus ou moins éloigné, la monarchie rendra à notre pays, si profondément agité, le calme dont il a beoin pour reprendre le rang qui lui appartient en Europe ; mais il faut, pour cela, assurer le présent, il faut que l'avenir à court terme, que l'avenir qui s'appelle demain ne soit plus menaçant comme un sphinx implacable, prêt à nous dévorer le jour où nous ne pourrions plus répondre à ses impérieuses questions.

Un grand pas vient d'être fait dans cette voie par la prorogation pour sept ans des pouvoirs du maréchal de Mac-Mahon ; il faut maintenant, par un dernier effort, atteindre le but désiré, en donnant à ces pouvoirs prorogés l'autorité et la force qui leur manquent encore, pour rassurer les intérêts de tous ceux qui travaillent et qui possèdent, et pour rendre moins énervant le provisoire dans lequel nous vivons, en nous garantissant quelques années de tranquillité matérielle et morale.

Si nous voulons préserver notre société actuelle contre les attaques de ses ennemis, nous devons placer les armes nécessaires entre les mains de celui qui est chargé de la défendre. A quoi nous servirait d'avoir construit un édifice politique à l'abri duquel la France peut se reposer avec confiance, pour fermer ses plaies qui saignent encore et ressaisir fortement l'avenir, si nous le laissons exposé aux coups de ceux qui veulent le détruire ? Un pouvoir fort est le premier besoin d'un peuple, alors surtout que ce peuple est démocratique par ses mœurs et ses lois. Il lui est plus nécessaire que la liberté elle-même.

Si le pouvoir ne veillait sans cesse à nos côtés, armé de la loi et de la force publique, la propriété, le travail, les capitaux, la vie de chacun de nous seraient sans garantie et sans sécurité, la liberté serait un mensonge, la société cesserait d'exister.

Dans la dernière lettre que je vous ai adressée, cher Nemo, je démontrais que les libertés privées appartiennent, à titre égal, à tous les citoyens. Ce que je disais des droits individuels, je peux le dire des pouvoirs dont la nation dispose pour la défense et le maintien de ces droits.

En effet, si les libertés civiles sont la propriété incontestable de chaque membre de la société, celle-ci, prise en masse, possède la liberté politique ; car, par les fonctions électorales qu'elle remplit, elle constitue la puissance législative, qui n'est qu'une émanation de sa

volonté et la sauvegarde de toutes ses immunités lega-
les. Libres comme citoyens indépendants les uns des
autres, et soumis seulement à des lois communes à
tous, libres comme nation intervenant, par la représen-
tation, dans la conduite de ses affaires publiques, nous
possédons la liberté complète et entière.

Eh bien ! que ferons-nous de cette liberté dont nous
sommes si fiers, si nous n'avons pas un pouvoir capable de défendre nos mœurs, nos intérêts et nos lois
contre les assauts violents de forces ennemies ?

Que le gouvernement d'un peuple s'appelle monarchie constitutionnelle ou république, il faut à ce peuple
un pouvoir stable devant lequel s'arrêtent les ambitions
et les haines, les théories et les destructions.

Quand je dis un pouvoir stable, je n'entends certes
point parler d'un pouvoir éternellement invariable, —
il n'y en eût jamais, et je n'espère pas que ce miracle
s'opère en notre faveur, — mais réunissant les qualités
capables de le rendre tel, si l'immutabilité appartenait
aux créations humaines. Est-ce là le caractère que
présente le pouvoir établi chez nous ? Avec les garanties,
avec les moyens d'action et de repression dont il dispose
aujourd'hui, avec les attributions qui lui sont accor-
dées et les limites qui lui sont imposées par la Constitution qui nous régit, a-t-il l'autorité et la force néces-

saires pour préserver la société des dangers qui la menacent?

Pour ma part, je ne le pense pas. Je crois que l'état actuel de nos intitutions politiques est incompatible avec l'existense d'un gouvernement parlementaire, seul capable de concilier la liberté d'un pays monarchique ou républicain avec la force ou la sécurité indispensables au pouvoir lui-même. Si l'Assemblée nationale ne se hâte pas de modifier nos lois constitutionnelles, si elle laisse le pouvoir exécutif découvert et désarmé devant les partis acharnés à le renverser, je ne vois de possible, en France, dans un avenir prochain, que le despotisme ou l'anarchie légale : la tyrannie d'un seul ou la force brutale et capricieuse des masses, habilement soulevées contre toute autorité légitime et prêtes à nous imposer, sur un signe de leurs chefs, le droit du plus fort et la barbarie, au nom de la souveraineté du peuple. Pour empêcher que le pays se trouve avant peu de temps dans cette cruelle alternative, il y a un moyen dont l'efficacité est certaine, à la condition qu'il sera immédiatement employé : il consiste, à mon avis, à modifier la loi sur la presse et la loi électorale, car le péril social est tout entier, ou de peu s'en faut, dans la liberté excessive accordée à la presse et dans l'application exagérée du suffrage universel, application dont les résultats augmentent sans cesse les forces de ceux qui en théorie appellent la république « *un provisoire perpétuel* » et qui, en pratique, en feraient un désordre absolu organisé à leurs profit.

J'ai déjà eu, mon cher Nemo, dans mes précédentes lettres, l'occasion de vous dire ce que je pense du suffrage universel. Au sujet de l'appel au peuple, que je combattais il y a un an, — au sujet de notre loi électorale, dont j'ai plusieurs fois signalé les dangers, j'ai dit que le suffrage universel direct employé comme il l'est aujourd'hui est, de toutes les combinaisons électorales, celle qui met le plus souvent en péril l'ordre public, en menaçant sans cesse l'existence du pouvoir, soit qu'on lui demande un nouvel ordre de choses, soit qu'on soumette le passé à sa sanction souveraine.

Après avoir démontré que ce système est faux en principe, puisque le droit de voter est un droit artificiel conférant à celui qui le possède un pouvoir politique accordé par la loi à certaines conditions, et non un droit naturel que tout homme a reçu de Dieu et que rien ne peut lui ravir, j'ai prouvé qu'il est désastreux par ses effets, parce qu'en faisant résider le droit dans le nombre, essentiellement capricieux et inconstant, il n'est bon qu'à engendrer des réactions violentes ou à prolonger une dépendance servile. Ce que j'en ai dit n'est pas une illusion, mais le résultat incontestable de l'expérience faite en France, où il a été tantôt la source intarissable de la licence, tantôt le plus ferme soutien du despotisme.

Ayant établi que c'est un pouvoir conditionnel et non, comme le prétendent les bonapartistes et les radicaux, un droit individuel inviolable, j'ai dit qu'on pouvait le modifier, corriger ses abus, éviter ses excès, éclairer ses décisions, en exigeant de l'électeur vingt-cinq ans d'âge, trois ans de domicile, en substituant enfin le suffrage à deux degrés au suffrage direct.

Je n'entrerai donc pas à ce sujet dans de nouveaux développements. Dans peu de jours d'ailleurs, l'Assemblée va traiter cette grave question, et j'ose espérer qu'elle donnera au pays une loi électorale conforme aux exigences de notre époque. Nous sommes autorisés à attendre une telle résolution du patriotisme et de la fermeté de ceux qui viennent de proroger les pouvoirs du duc de Magenta, et qui commencèrent si heureusement l'œuvre de notre réorganisation générale en nous délivrant de ce gouvernement qui, entre autres spectacles tristes et humiliants, avait montré à l'Europe étonnée le général Gambetta et l'avocat Trochu.

Il est encore une autre loi dont la réforme est au moins aussi urgente que celle de la loi électorale : c'est, je l'ai déjà dit, la loi sur la presse.

Je ne désire certainement pas que la liberté de la presse soit supprimée. Cette précieuse liberté que l'Angleterre a inaugurée en Europe ne peut pas et ne doit pas nous être enlevée, car elle est devenue aujourd'hui un des éléments nécessaires de la constitution des sociétés. Il faut seulement en régler l'usage, afin d'empêcher qu'elle dégénère en licence, comme elle le fait de nos jours.

Il faut que la presse puisse suivre pas à pas le pouvoir, donner des conseils à ses dépositaires égarés; mais il ne faut pas qu'elle puisse contester au pouvoir lui-même ses attributs nécessaires et ébranler l'Etat sur ses fondements.

Elle doit être le flambeau qui éclaire et non la torche qui incendie, le guide prudent et le soutien d'un peuple en marche sur la voie du perfectionnement social, et non un *atelier de calomnie, une officine privilégiée d'insultes à toutes les gloires, à tous les talents, à tous les mérites*, comme l'appelait sous la monarchie de Juillet, un écrivain distingué (1).

Le problème pour la presse consiste donc, comme disait encore le même écrivain, à désarmer *les passions*

(1) M. de Salvandy.

jalouses et les haines anti-sociales, en laissant un libre essor à toute pensée légitime.

Je dis que c'est un problème, et j'ajoute que sa solution est indispensable, si nous ne voulons pas voir tout notre édifice social crouler en peu de temps. L'Assemblée va le résoudre; pour moi, je me contente de le poser.

Grâce à ces réformes et à quelques autres de moindre importance dont je parlerai plus tard, grâce à la politique adoptée par le cabinet du 24 Mai, et continuée par celui du 27 Novembre, le présent sera assuré, et la France pourra travailler avec calme à préparer l'avenir.

Ah! pardon, cher Nemo, j'oubliais une condition indispensable, si nous voulons jouir de cette sécurité dont je parle, et dont nous avons un si pressant besoin : c'est que le chef du pouvoir exécutif, aussi ferme et aussi prudent que l'Assemblée, ne confie les hautes fonctions de l'Etat qu'à des hommes n'ayant aucune sympathie pour les doctrines de la gauche dite modérée ou de l'extrême gauche; qu'il gouverne, en un mot, sans appeler à son aide les républicains radicaux ou ceux qui ne sont que des amis honteux de Delescluze ou de Ferré.

Je suis, vous le voyez, beaucoup moins exigeant que

M. Thiers demandant que l'on fit la République sans républicains, tout court.

Si, depuis cette époque, il a changé d'avis, s'il tend aujourd'hui la main à M. Naquet ou au prince Napoléon, le chef de l'Etat ne doit pas plus l'imiter qu'il ne doit le suivre sur le balcon de M. Gambetta, car ce qui n'est pour l'ancien ministre du roi Louis-Philippe qu'une tache indélébile imprimée à sa vie, serait pour nous le plus humiliant des suicides. S'il espère dominer un jour et diriger le parti auquel il apporte l'appui de son talent et de son prestige, il se trompe étrangement. Dans la région politique où il s'est fourvoyé, les bons sont dévorés par les mauvais, les généraux obéissent aux soldats.

« Bien fous sont les chefs de parti qui s'en croient les maîtres et se flattent de les gouverner », disait le cardinal de Retz, si habile à manier les hommes et les intrigues politiques; et ce qui était vrai au temps de la Fronde l'est encore aujoud'hui. M. Thiers s'en apercevra peut-être un jour ; mais, en présence de sa conduite actuelle, nous ne pouvons que déplorer, avec Bossuet : « ces volontés changeantes et cette illusion des amitiés de la terre qui s'en vont avec les années ou les intérêts ».

P. PADER.

Latour, 7 décembre 1873.

AU LECTEUR,

La lettre suivante, quoiqu'elle ne soit pas adressée à Nemo, trouve naturellement sa place après celle qu'on vient de lire et dont elle n'est que la défense.

Ayant osé dire que la Monarchie n'existe pas en ce moment, ce qui me paraît de toute évidence, bien que certaines personnes semblent vouloir le contester, on me demande : « à qui la faute? » et je réponds : à celui qui, pouvant la rétablir, ne l'a pas voulu.

On m'affirme que les *Cocardiers libéraux tricolores* lisez : centre droit, ont provoqué l'échec subi par le projet de restauration monarchique ; et je me permets de prouver que, si, sur le terrain des concessions à faire pour amener cette restauration, ils ne sont pas allés aussi loin que l'exigeait M. le comte de Chambord, c'est qu'ils en ont été empêchés par les vœux de la France dont ils ont voulu rester les fidèles mandataires et qui n'aurait pas ratifié le sacrifice du drapeau tricolore s'ils l'avaient accepté en son nom.

Les objections qui m'ont été faites m'étant parvenues
par une lettre au directeur du *Conservateur*, j'ai usé
du même moyen pour répondre à mon contradicteur.

Voici d'abord les quelques lignes que celui-ci me
consacre dans son article du dix-huit décembre dernier : « Un autre zélé collaborateur vous parlait récem-
» ment du tombeau royal devant lequel *il se découvre*
» *et se tait*.

« Cette tombe, qui la creuse, Monsieur? Est-ce le
» Roi? Non. Les fossoyeurs sont vraiment ceux qui
» songent à relever la patrie, en capitulant avec les
» principes, et qui font découler tout progrès et tout
» droit des barricades de 1830 (1). » Il y a bien encore
autre chose sur les *maximes déplorables des conservateurs libéraux tricolores* et sur le bariolage de leur pa-
nache; mais comme ce sont des mots sans malice où il
est impossible de saisir le moindre argument sérieux,
je me suis dispensé d'y répondre. — Ah! j'oubliais :
les principes occupent une grande partie de l'article
dont je parle, les trois quarts, je crois; mais comme
malgré tous mes efforts, je n'ai pas pu comprendre
quels sont ces fameux principes dont il est si longuement question, il m'a été impossible d'en parler.

_____

(1) Voir le no du *Conservateur du Gers*, du 18 décembre 1873.

Je vous engage du reste, cher lecteur, à lire le morceau tout entier, et si, plus habile que moi, vous parvenez à deviner à quelle espèce ou seulement à quel genre appartiennent ces principes, je vous serai reconnaissant de vouloir bien me le faire savoir.

En attendant voici ma réponse :

A M. le directeur du Conservateur.

Cher Monsieur,

J'ai lu, à mon grand étonnement, dans une lettre à votre adresse, publiée par le *Conservateur* du 18 décembre, quelques lignes que je ne veux pas laisser sans prostestation, parce qu'elles renferment, au sujet des idées politiques que je m'honore de défendre, des appréciations que je ne peux pas accepter.

Votre correspondant vous dit : « Un autre zélé col-
» laborateur vous parlait récemment du tombeau royal
» devant lequel il se découvre et se tait. »

J'avoue ne pas comprendre les motifs pour lesquels il a cru devoir me faire un grief d'une phrase qui me semblait à l'abri de toute critique. Qu'y a-t-il, en effet, d'étonnant à ce que je veuille me découvrir et me taire devant le tombeau dont j'ai parlé? C'est là peut-être, sans que je le sache, une prétention exorbitante ; mais, assurément, je ne m'en doutais pas.

« Cette tombe, qui la creuse? » dit encore votre correspondant, « est-ce le Roi? » Et il se hâte de répondre: « Non. » — Cette réponse est courte et précise, ce qui est une qualité ; mais peu motivée, ce qui à mes yeux est un défaut. Il est facile de dire que les conservateurs-libéraux-tricolores ont enterré la Monarchie, que tous les membres de l'Assemblée nationale, que tous les Français ont été transformés en fossoyeurs ou croque-morts de la Royauté, à l'exception du comte de Chambord et de quelques légitimistes de la nuance du général du Temple. Il est facile de dire tout cela, dût personne n'en croire un mot ; mais il est difficile de le prouver.

Il est plus aisé de démontrer le contraire.

Tout le monde m'accordera, sans doute, que la restauration de la Monarchie, rendue possible par la visite du 5 août, était assurée la veille du jour où parut la lettre du comte de Chambord à M. Chesnelong. Etait-elle possible le lendemain? En termes plus clairs, tous ceux qui s'étaient ralliés la veille au programme d'une Monarchie conditionnelle reconnaissant nos libertés et acceptant notre drapeau, pouvaient-ils imposer

5

le drapeau blanc à la France, au risque de la voir se révolter contre la plus odieuse des tyrannies, celle qui froisse les affections et les sentiments? Ma conviction est encore ce que fut la leur à ce moment de cruelles angoisses : ils ne pouvaient ni ne devaient le faire.

Ils ne pouvaient pas accepter le drapeau blanc, parce qu'ils savaient, à n'en pouvoir douter, que la nation n'en voulait pas. — Le peuple est convaincu, à tort, j'aime à le croire, qu'il y a encore au milieu de lui des hommes livrés à l'égoïsme de caste ou à l'amertume de leurs souvenirs, et qui ne désiraient ce drapeau qu'afin de pouvoir, à son ombre, ressaisir d'anciens priviléges, ou du moins afficher d'arrogantes prétentions. Il ne veut pas croire que toute la noblesse française ait depuis longtemps renoncé à recouvrer ce qu'elle a perdu. Pour lui, « les faits s'attachent aux mots, et les temps passés revivent dans quelques syllabes », comme l'a dit un jour M. Guizot.

De là, les méfiances et les craintes que provoquait le drapeau blanc. Elles n'étaient pas fondées, je le sais; mais elles étaient sincères, universelles, profondément enracinées et suffisantes, à mon avis, pour que l'Assemblée reculât devant la réaction qu'elles pouvaient provoquer.

Si ce drapeau est antipathique au pays, celui qu'il aurait remplacé est passionnément aimé du peuple et de l'armée. Dans ce temps d'égoïsme universel et de matérialisme à tous les degrés, il y a encore dans les cœurs un sentiment élevé et généreux qui commande le respect, parce que c'est le plus noble de tous et le plus fécond en dévouements, en sacrifices, en héroïsme : c'est l'amour du drapeau. On doit respecter cet amour, le plus pur et le plus légitime de tous, et l'on doit se garder de l'éteindre parce qu'il est le plus ferme soutien, je pourrais dire la base du patriotisme, qui n'est pas encore mort chez nous, Dieu merci ! et auquel nous avons tous besoin de croire pour conserver l'espérance.

Dans des jours plus heureux, la France était attachée à son drapeau, parce qu'elle voyait en lui le symbole et la garantie de ses libertés, parce qu'il lui rappelait la période la plus éclatante de sa gloire militaire; mais cet attachement est devenu du fanatisme, depuis qu'il a connu les désastres inouïs de Sedan et de Metz, où la valeur fut vaincue par le nombre, et le courage par l'intrigue. Malgré nos revers et nos défaites, il est toujours pour elle le drapeau glorieux et bien-aimé. S'il y a de la honte, elle n'est pas pour lui : elle est pour ceux qui n'ont pas su le défendre ou qui ne l'ont pas voulu. Elle n'y voit pas d'autre tache que le sang des héros de Reischoffen et de Gravelotte. Elle sait que lorsque ses fils qu'elle pleure encore tombaient sous la mitraille prussienne, il couvrait de ses plis en lambeaux leurs membres mutilés ; elle sait qu'il a fixé leurs derniers regards et consolé leur agonie ; elle veut qu'il flotte sur ceux qui les vengeront.

Voilà, Monsieur, les raisons pour lesquelles je soutiens qu'il est impossible d'imposer au pays un drapeau qui l'effraie, en lui enlevant celui auquel elle a voué un culte jaloux et qu'elle veut conserver à tout prix.

D'ailleurs, eût-on pu accepter le drapeau blanc, sans provoquer dans la nation une tristesse profonde et peut-être des explosions terribles, on ne le devait pas à cause de l'armée. Si, par l'effet d'une loi, ce drapeau était devenu celui de l'armée, le drapeau tricolore aurait été le lendemain celui de l'émeute. Eh bien ! Monsieur, sachant qu'il est aujourd'hui pour nos soldats l'image de la patrie, comme le général Pourcet le disait naguère dans un magnifique langage, croyez-vous qu'il eût été bon, qu'il eût été prudent de s'exposer à devoir leur dire un jour, en les faisant marcher sur une barricade surmontée des couleurs séditieuses et toujours aimées : « Vous devez abattre cet étendard et le fouler aux pieds ? » Ils auraient obéi, je veux bien le croire ; mais l'épreuve eût été trop douloureuse pour qu'on ne dût pas la leur épargner.

En présence de l'impossibilité où se trouvaient les représentants du pays d'accepter sur la question du drapeau autre chose que la perspective d'une transaction entre l'Assemblée et le Roi, celui-ci pouvait-il faire quelque concession ? Je le crois. Il n'était le mandataire de personne, il n'engageait que lui, le sacrifice qu'on lui demandait lui eût valu l'admiration et la reconnaissance de tous ceux que son refus a laissés froids et découragés.

Et qui donc eût osé blâmer le comte de Chambord immolant son drapeau sur l'autel de la patrie? Dieu veuille qu'il n'ait jamais à regretter d'avoir préféré au repos de son pays, à son bonheur, à son existence peut-être, le symbole impopulaire d'idées et de faits qu'il a reniés lui-même si souvent !

Comme prince, il a usé de son droit ; mais ce droit était-il bien la mesure exacte de son devoir ? « Paris vaut bien une messe », dit un jour Henri IV ; et ces simples paroles délivrèrent la France de la guerre civile. « Le salut de mon peuple vaut bien le sacrifice de mon drapeau », aurait, je crois, pu dire Henri V, sans porter la moindre atteinte à son prestige ou à son honneur. Il y aurait eu dans un pareil langage, pour les uns moins de fierté, pour les autres moins d'orgueil que dans celui qu'il a tenu : il y aurait eu pour tous plus de patriotisme. Eh ! mon Dieu ! le drapeau des rois de France, depuis Hugues Capet, a si souvent changé de couleur, que leur descendant eût bien pu le modifier encore une fois.

L'Assemblée, mandataire du pays, ne pouvait pas accepter le drapeau blanc ; le comte de Chambord pouvait le sacrifier, encore mieux le modifier, il n'a voulu ni l'un ni l'autre. A qui donc doit revenir, aux yeux de tout homme impartial, la responsabilité de l'échec éprouvé par la Monarchie ?

Un dernier mot et j'ai fini : — Votre correspondant affirme que « les fossoyeurs sont ceux qui songent à » relever la patrie, en capitulant avec les principes ». Et qui donc, Monsieur, songe à capituler avec les principes ? Serait-ce par hasard ceux qui veulent aujourd'hui donner au pays des institutions assez fortes pour qu'il ne capitule pas lui-même devant l'anarchie ? Non, ces hommes ne sont pas les fossoyeurs de la Royauté ; ils la désiraient ardemment, leurs regrets furent sincères quand ils la virent mettre au tombeau ; mais ils veulent que la France elle-même ne soit pas morte, le jour où elle en sortira.

Je vous prie, Monsieur, de vouloir bien insérer ma

lettre dans un des prochains numéros de votre journal. L'hospitalité que vous m'avez accordée jusqu'ici m'a toujours été précieuse ; celle que je réclame aujourd'hui m'est nécessaire.

Veuillez agréer, monsieur le Directeur, l'assurance de ma considération très-distinguée.

P. PADER.

Latour, 22 décembre.

LETTRE GASCONNE, A NEMO

MON CHER NEMO,

Les partis extrêmes sont aujourd'hui le principal obstacle à notre résurrection nationale.

Il y a dans le pays deux sectes politiques représentées à l'Assemblée par deux groupes de fanatiques, incapables de supprimer, dans un but de salut commun, ce que leurs doctrines opposées renferment d'excessif ou d'irritant. — Ces deux groupes sont l'extrême gauche et l'extrême droite. — Ils parlent sans cesse de dévouement à la patrie, et lorsque, pour la sauver, il faudrait seulement faire fléchir des opinions trop exclusives, ils répondent : « Périsse la France plutôt qu'un » principe ! » donnant souvent le nom de principe à des théories spécieuses ou à des préjugés, quelquefois même à un mot ou à une chose.

Eh bien, je dis, moi, que ceux qui entendent ainsi le patriotisme peuvent l'avoir sur les livres, mais ne l'ont pas dans le cœur. — Il est remplacé, chez les uns, par des passions et des appétits, chez les autres, par des croyances inflexibles, presque des dogmes. Ils peuvent aimer la République ou le Roi, mais assurément ils n'aiment pas la France.

Dans le sommeil léthargique qu'elle a trouvé à l'ombre du mancenilier républicain, elle s'épuise en vains efforts pour revenir à la vie; il lui faudrait pour se relever l'appui de tous ses enfants, mais ceux dont je parle restent à l'écart, comme s'ils craignaient de perdre dans un effort commun la gloire et le profit de leur concours.

La France est tombée si bas que le plus petit prince Allemand pourrait l'insulter sans crainte; eux discutent ou intriguent, attendant, impassibles, qu'elle descende plus bas encore, parce qu'ils espèrent les uns et les autres, que dans ses dernières convulsions elle se jettera dans leurs bras. Voilà la politique des partis extrêmes. On peut dissimuler ce qu'elle renferme d'odieux sous des mots sonnant bien à l'oreille; on peut appeler cela de la fermeté, de la dignité: en vérité et en fait, ce n'est què de l'entêtement aveugle ou de l'égoïsme. A ceux qui prétendent que c'est de la fidélité à un principe ou à un homme, je réponds qu'une fidélité pareille est aujourd'hui une trahison à la patrie.

Et non contents de refuser leur concours à l'œuvre

5.

commune de notre organisation politique et sociale dont ils repoussent les conditions, ils poursuivent de leurs sarcasmes les hommes assez clairvoyants pour comprendre les exigences de la crise que le pays traverse et assez généreux pour les accepter. — Ceux-ci font taire leurs sympathies personnelles pour soutenir loyalement le gouvernement établi par l'Assemblée, ils remplissent jusqu'au bout, leurs devoirs de français et cela suffit à soulever contre eux, à gauche et à droite, des attaques violentes et des critiques passionnées.

« Vous êtes les ennemis du peuple et de la liberté, » leur crient les radicaux du sommet de la montagne, « vous voulez arrêter les progrès de la révolution so-
» ciale dont nous sommes les champions, nous vous
» combattrons sans relache et aucune transaction n'est
» possible entre nous, car nous voulons détruire et
» vous voulez fonder. »

« Vous êtes des révolutionnaires et des impies, » disent à leur tour les légitimes, prosternés devant le drapeau blanc, « vous êtes de faux royalistes; enfin pour
» tout dire en un mot, vous êtes des LIBÉRAUX ! Nous
» ne pouvons pas être avec vous, car vous voulez sau-
» ver la France à tout prix, par n'importe quel moyen,
» et nous n'entendons la sauver qu'avec le Roi. »

J'ai eu plusieurs fois, mon cher Nemo, l'occasion

d'apprécier les critiques des premiers, et de combattre leurs doctrines en montrant les excès où elles conduisent ; je veux me permettre aujourd'hui quelques observations au sujet des attaques dirigées par les seconds contre les *libéraux* et le *libéralisme*. — A Paris, un grand journal qu'il est inutile de nommer, tant il est connu de tous pour son esprit d'intolérance, est à la tête de la presse anti-libérale. Il donne le mot d'ordre à une foule de journaux de province qui se font gloire de marcher sur ses traces, et dont le cri de ralliement est : « Guerre *au libéralisme contemporain !* » Ceux-ci surtout sont particulièrement violents, et ils déploient un tel zèle que, si je n'étais pas bien sûr d'avance de la stérilité de leurs efforts et de l'impuissance de leur haine, je pourrais craindre de voir un jour les libéraux proscrits, et le libéralisme banni de nos institutions.

Mais, Dieu merci, il y a encore du temps d'ici là.

Le libéralisme a depuis longtemps fait ses preuves. Depuis six mille ans, environ, il triomphe de tous les obstacles opposés à ses progrès incessants, laissant bien loin derrière lui, dans la poussière des siècles écoulés, les hommes qui ont essayé de le combattre et de l'arrêter. — Je suis donc sans inquiétude sur le résultat de la croisade dirigée en ce moment contre lui.

Voyons cependant ce qu'on lui reproche ; et comme

toutes les manifestations du *libéralisme*, comme toutes ses formes sans en excepter une, provoquent également le courroux de ses adversaires, ce n'est pas sur un seul point que doivent porter mes observations.

En politique, on critique violemment le *libéralisme* qu'on appelle le parlementarisme. — J'accepte cette définition, et je reconnais que le gouvernement parlementaire peut ne pas produire partout d'aussi bons résultats qu'en Angleterre ou en Belgique, et qu'il peut offrir quelques dangers pour les nations agitées par des partis violents, ou divisées par des compétitions dynastiques. — Oui, ce moyen de gouverner les hommes a ses défauts, mais quelle est l'institution humaine qui n'a pas les siens, et d'ailleurs, si l'on parvenait a le détruire, que mettrait-on à sa place? Le *despotisme* apparamment, car il ne reste pas autre chose ; et je défie qui que ce soit, de trouver un mode de gouvernement en dehors du parlementarisme et du despotisme.

— Le jour où le premier sera aboli, il faudra adopter le second.

— Est-ce là que veulent en venir ceux qui heurtent de front les instincts les plus vifs et les plus légitimes de leur temps, et en font une critique violente et passionnée, féconde en assertions tranchantes et en inductions téméraires? S'il en est ainsi, qu'ils aient du moins

le courage de le dire. — Dussent-ils voir leurs espéran-
ces détruites par cet aveu, ils doivent le faire. — Puisqu'ils prêchent l'abolition d'un système qui a cependant
quelque valeur, car d'autres s'en trouvent bien, il n'y
a pas d'indiscrétion de notre part à vouloir connaître
celui dont ils désirent nous gratifier.

Qu'ils veuillent donc se donner la peine de s'expliquer clairement et sans réticences ; qu'ils laissent de
côté leurs accusations vagues qui, voulant trop prouver
ne prouvent rien , et qu'après avoir donné une forme
précise à leurs griefs contre le parlementarisme, ils nous
disent enfin ce qu'ils ont découvert pour le remplacer.
Ils veulent détruire, c'est bien, mais après que veulent-
ils fonder ? — Voilà le point capital à éclaircir nettement
et à discuter d'une manière complète.

Pour le moment ils ne me paraissent pas disposés à
s'attarder à d'aussi minces détails, car, après avoir con-
damné le libéralisme pour le rôle qu'il joue en politique
pure , ils se hâtent de l'excommunier pour l'influence
qu'il exerce sur les rapports de l'Eglise et de l'Etat. —
Ici encore, rien ne les embarrasse, rien ne les arrête,
ni les exigences du présent, ni les souvenirs du passé.

Les grands noms des d'Aguesseau, des Portalis, des
Dupin ne les font pas hésiter un instant dans leur des-
sein de trancher le problème épineux et compliqué des

vrais rapports de la puissance temporelle avec l'Eglise.
— L'autorité de tels hommes est trop mince pour qu'ils
daignent en tenir compte. Voyez d'ailleurs avec quelle
aisance un écrivain de l'école anti-libérale triomphe
d'eux et de tous leurs disciples : il ne discute pas, oh
non, il affirme et il passe. Peut-être pourrait-il les
convaincre d'erreur, il aime mieux les écraser sous
quelques formidables anachronismes dans le genre de
celui-ci : — « *Dès que l'Eglise a reçu de Dieu le pouvoir*
» *d'expliquer d'une manière authenthique et sans con-*
» *trôle les principes éternels du droit et de la justice,*
» *les Etats aussi bien que les individus ne sont-ils pas*
» *strictement tenus à la consulter et à se conformer à*
» *ses décisions?*

« *Soustraire l'Etat à l'autorité de l'Eglise, l'affran-*
» *chir de ses décisions, en un mot le séparer de l'Eglise,*
» *n'est-ce pas une révolte contre Dieu?* (1) » Je veux
bien croire qu'il n'accepte pas, dans toute son étendue,
la signification de ces paroles, et cependant, je n'ai pas
pu les lire sans un profond sentiment de tristesse.

Elles m'ont rappelé les doctrines émises en pareille
matière, en 1215, au quatrième concile de Latran, par
Innocent III, et développées plus tard, avec une logique

(1) Voir le nᵒ du *Conservateur du Gers*, du 24 mars 1874.

impitoyable, par Honorius III, Innocent IV et Sixte-Quint, et je me suis souvenu qu'étant passées de la théorie à la pratique, elles ont, pendant trois siècles, couvert l'Europe de ruines, en organisant l'inquisition.

Le temps n'est plus où, sur un ordre de l'Eglise, l'Etat faisait appliquer la question à des millions de malheureux suspects d'hérésie qui confessaient, souvent au milieu des tortures, un délit dont ils n'étaient pas coupables, préférant une mort immédiate à une longue agonie.

Le souffle puissant du xvie siècle a éteint les buchers allumés par l'ignorance ou la cupidité; les cendres de Jean Hus, de Vanini et de tant d'autres martyrs du libéralisme religieux ont fait germer l'esprit de tolérance, de réflexion et d'analyse qui nous ont valu la liberté de conscience, la plus précieuse de toutes, et assez chèrement acquise pour que nous n'ayons pas l'envie d'y renoncer.

Je ne crains donc pas que nos libéraux modernes soient livrés aux épreuves *de la corde, de l'eau ou du feu.*

Les accusations dirigées aujourd'hui contre le *libéralisme* ne peuvent être qu'une stérile critique de l'esprit nouveau qui a pénétré l'Europe, que de vains efforts pour réveiller les sentiments et les passions d'un autre âge ; mais je crois qu'elles émanent en général d'hommes aussi sincères qu'ardents dans leurs convictions, et, à ce titre, bien que n'offrant plus aucun danger pour l'avenir, elles méritent qu'on rappelle ce qu'elles ont produit dans le passé.

Je ne veux certes pas dérouler le sombre tableau des ruines entassées au moyen-âge par l'esprit d'intolérance religieuse, et encore moins faire passer sous les yeux de mes lecteurs l'immense ossuaire de l'Inquisition ; je vais seulement citer quelques faits capables de montrer les conséquences amenées, soit par le contrôle de l'Eglise sur les attributions de l'Etat, soit par les empiètements de celui-ci dans les choses de la foi, — alors que le *droit chrétien* dont on nous parle sans nous dire en quoi il consistait, *distinguait seul l'ordre religieux* de l'ordre politique et social. Dans les premières années du treizième siècle, le Languedoc et la Provence m'offrent un triste spectacle : là où naguères n'étaient que *cours d'amour* et brillants tournois, joyeux troubadours et vaillants chevaliers, je n'aperçois que campagnes désertes et villes saccagées, partout des châteaux écroulés et des maisons vides.

Que s'était-il donc passé? Vous le savez, cher Nemo ; le bras tout-puissant de l'Eglise s'était appesanti sur ces contrées, Innocent III leur avait jetté l'anathème, et à cette voix redoutable le génie de la destruction avait accompli son œuvre.

La papauté exerçait alors, dans toute sa plénitude, la *souveraineté* qu'on réclame aujourd'hui pour elle. — *Gardienne et interprète du droit naturel et de la loi morale,* elle pouvait, à son gré, déposer les rois et délier les sujets de leur serment de fidélité. — Elle violait impunément les constitutions, et supprimait les Etats qui osaient lui résister. Pour propager la foi, et la préserver de toute atteinte, elle substituait la violence à la persuasion, remplaçait les frères Guy et Regnier par Arnauld Amaury et Simon de Montfort et passait des doctrines du Christ à celles de Mahomet.

Dans les provinces que je viens de nommer, les individus accusés d'hérésie furent livrés aux inquisiteurs ; les villes qui les recevaient furent dévastées, comme Carcassonne et Béziers ; les seigneurs qui refusaient de les livrer ou de les persécuter eux-mêmes, se virent dépouillés de leurs biens, comme le comte de Toulouse ; le massacre des Albigeois fut enfin consommé, et personne ne protesta contre ce monstrueux forfait. Les victimes ne songèrent pas à invoquer le droit chrétien, et les bourreaux en négligèrent les prescriptions. Jamais, cependant, son intervention ne fut plus nécessaire ; jamais occasion meilleure ne s'était offerte à lui pour prouver qu'il existait ailleurs que dans les thèses de théologie.

Un peu plus tard, en 1221, je trouve l'inquisition établie à Rome, par une Constitution d'Honorius III, à laquelle l'empereur Frédéric II donna force de loi civile. Trois ans après elle existait dans toute l'Italie, à l'exception de la république de Venise et du royaume de Naples. A la même époque, Frédéric II, sur les instances du pape, se fit le protecteur de l'inquisition en Allemagne. Il rendit une loi d'après laquelle les hérétiques condamnés comme tels par l'Eglise, et livrés à la justice séculière, devaient être punis de mort, et leurs enfants, jusqu'à la deuxième génération, étaient déclarés incapables de remplir aucune fonction publique et de jouir d'aucun honneur, *excepté ceux qui dénonceraient leurs pères.*

Après la mort de ce prince, Innocent IV érigea aux inquisiteurs un tribunal perpétuel, et priva les évêques et les juges séculiers des débris de pouvoir que l'empereur leur avait laissés. La juridiction inquisitoriale releva alors directement du pape ; mais ceux qui furent appelés à l'exercer poussèrent leur zèle si loin, qu'un soulèvement général des esprits mit fin à leur règne en Allemagne

L'inquisition d'Espagne fut la plus sanglante et la

plus odieuse de toutes ; surtout dans sa seconde période, où elle prit le nom de Saint-Office, en 1481,
sous le règne de Ferdinand et d'Isabelle, dociles exé-
cuteurs des arrêts de Sixte-Quint. Un grand inquisi-
teur général et le conseil de *la Suprême*, institués par
une bulle du pape, chassèrent d'Espagne ou livrèrent
aux flammes de *l'auto-da-fé* plus de cinq millions d'habitants.

Je n'entrerai pas dans les détails de cette extermina-
tion dirigée par Torquemada, sous les ordres de
l'Eglise, et avec l'assentiment de l'Etat. — Tout ce
que je veux constater, c'est qu'en Espagne, comme en
Italie, comme en Allemagne, comme en France, la
confusion des attributions du pouvoir civil et du pouvoir religieux a provoqué les plus monstrueux abus.

Je pourrais encore en donner d'autres preuves et de
plus récentes.

Je pourrais invoquer la révocation de l'édit de
Nantes. L'Eglise, je le sais, ne fut pas responsable de
cette mesure, et Innocent XI n'eut aucune influence
sur la détermination de Louis XIV dont il était alors
l'ennemi. Les jésuites, dont le crédit était immense,
et le père La Chaise, confesseur du roi, suffirent à fas-
ciner ses yeux et à lui montrer, comme dit saint Simon,
un « *chef-d'œuvre de religion et de politique* » dans

l'édit royal du 18 octobre 1685 qui anéantit la liberté de conscience. — Ce fut le pouvoir civil et non le pouvoir religieux qui accomplit cet acte de tyrannie, mais cela tint encore à ce que l'Etat pouvait envahir le domaine de l'Eglise, se substituer à elle en matière de foi, et jouer ainsi vis-à-vis d'elle le rôle qu'elle avait autrefois joué vis-à-vis de lui. — L'un et l'autre s'intitulant tour-à-tour « *ménager des volontés divines,* » interprétaient, on le voit, d'une singulière façon « *le droit naturel et la loi morale* », et « *la distinction établie entre eux par le droit chrétien* » était si vague et si souvent méconnue, que j'absous pleinement ceux qui, la jugeant insuffisante, ont chargé le libéralisme moderne d'élever à sa place « *une barrière infranchissable.* »

Est-ce à dire pour cela qu'il faille en venir à cette séparation absolue et complète que certains esprits excessifs, séduits par l'exemple de la grande république américaine, voudraient imposer à la France? Non certes, et si je soutiens que dans les questions d'ordre politique et social, l'Etat doit être indépendant de l'autorité religieuse, affranchi de sa tutelle et de son contrôle, je reconnais en même temps la nécessité de certains rapports, résultant de leur coexistence dans le même pays, et surtout des engagements contractés chez nous par l'Etat envers l'Eglise, et en vertu desquels, il doit, non-seulement garantir le libre exercice du culte, mais encore pourvoir à l'entretien du clergé. — Et ce n'est pas moi qui lui demanderai de retirer à nos prêtres les secours qu'il lui doit ; je voudrais au contraire, s'il m'était permis d'exprimer un vœu en cette matière, qu'il pût augmenter leur traitement dans des proportions suffisantes pour qu'ils ne fussent plus obligés d'accepter l'argent des fidèles.

Il me sera facile de démontrer que le libéralisme, loin d'être, comme on le prétend, « *le masque de la liberté*, » est, au contraire, sa source, son essence et son but ; l'atmosphère sociale dans laquelle elle vit et hors de laquelle elle meurt.

Je prierai ceux qui en doutent de regarder ce qui se passe en Angleterre ou en Belgique. Ils y verront le parlementarisme dans toute sa vigueur, « *l'Eglise et les prêtres relégués dans le sanctuaire*, » et cependant, s'ils veulent retrouver quelque part *des institutions sociales régulièrement développées, les vertus civiques, le patriotisme, la discipline, le respect de l'autorité et l'observation de la loi*, » c'est là qu'ils devront les chercher.

On accuse enfin le *libéralisme* de nous conduire à l'athéisme. — Ceux qui prédisent ainsi la destruction prochaine du christianisme par le souffle généreux et fécond qui l'a fondé, connaissent bien mal et cette grande religion et le cœur humain.

L'homme porte en lui, en naissant, l'instinct moral et religieux, et toutes les religions passées, celles de l'Egypte et de la Perse, celles de la Grèce et de Rome, n'ont eu pour but que de satisfaire cet instinct. — Aucune ne l'a atteint; et voilà pourquoi elles ont successivement disparu, après avoir contribué, chacune dans des proportions différentes, au développement moral du genre humain.

Le christianisme est venu, et, les résumant toutes, s'inspirant du mysticisme de l'Orient, de la métaphysique de Socrate, de la morale stoïcienne et des traditions judaïques, il a fermé l'ère des religions parce qu'il a su trouver et réunir toutes les conditions essentielles de la vie morale et religieuse de l'homme.

Voilà pourquoi sa sublime mission est loin d'être finie, et pourquoi il ne périra pas, alors même que l'athéisme ne serait pas une doctrine désolante, sans attrait pour le cœur, contraire à tous nos instincts et à tous nos besoins; alors même que l'athée ne serait pas, comme l'a dit un remarquable écrivain de notre époque, « un être abâtardi, un produit accidentel et malheureux de la civilisation (1). » Les efforts que fait

(1) M. Émile Saisset.

l'athéisme pour s'établir dans l'esprit et dans la conscience demeureront stériles, et l'âme humaine, toujours altérée de croyance et de lumière, condamnée
par son origine et sa destinée à combattre sans cesse
les appétits de la chair par le sentiment de l'invisible
et du divin, ne peut plus se séparer du christianisme,
parce qu'il n'y a pas au monde un spiritualisme plus
pur que celui de l'Église, parce qu'elle ne trouvera
nulle part une loi de charité plus universelle et plus
précise que celle de l'Evangile.

Le christianisme enfin ne périra pas, parce que jamais [doctrine plus libérale ne fut prêchée aux hommes. Le libéralisme n'est-il pas en effet l'essence et la
base de la religion qui a inscrit l'égalité et la liberté
dans les lois divines, en attendant que la Révolution
française les fît passer dans les lois humaines?

Le véritable adversaire du libéralisme n'est donc pas
le christianisme, mais bien l'esprit d'intolérance et de
domination qui a trop souvent animé les représentants
de celui qui disait : « *Mon royaume n'est pas de ce
monde.* »

Et qui oserait donc soutenir que Jésus-Christ n'est
pas le plus grand et le plus glorieux martyr du libéralisme, dans l'ordre religieux et dans l'ordre social?
Sous l'égide d'un tel nom que pourrait-il craindre?

Ceux qui s'efforcent de l'arrêter un instant sur la large voie où il doit passer, quand ils ne devraient songer qu'à en régler les effets, tentent une œuvre impossible. Et j'ajoute que le libéralisme n'étant autre chose que la doctrine du progrès contre laquelle ils s'inscrivent en faux, ils tentent une œuvre impie, car cette doctrine dont le germe a été déposé dans le cœur de l'homme, au jour de la création, est le flumbeau qui le guide au travers des générations et des siècles, porté par les mains du génie, sous l'œil de Dieu.

Latour,   avril 1874.

P. PADER.

Toulouse, Impr. Louis & Jean-Matthieu Douladoure.